FANTASTIC ORIENTAL HEROES

천뇌 新무협 판타지 소설

광풍석권 5

천뇌 新무협 판타지 소설

초판 1쇄 찍은 날 § 2012년 12월 13일
초판 1쇄 펴낸 날 § 2012년 12월 20일

지은이 § 천뇌
펴낸이 § 서경석

편집부장 § 권태완
편집책임 § 박우진
디자인 § 이혜정

펴낸곳 § 도서출판 청어람
등록번호 § 제1081-1-89호
등록일자 § 1999. 5. 31
어람번호 § 제2-2287호

주소 § 경기도 부천시 원미구 심곡2동 163-2 서경B/D 3F (우) 420—822
전화 § 032-656-4452 팩스 § 032-656-4453
http://www.chungeoram.com
E-mail § chungeoram@chungeoram.com

ⓒ 천뇌, 2012

ISBN 978-89-251-3101-6 04810
ISBN 978-89-251-2838-2 (세트)

천뇌 新무협 판타지 소설 FANTASTIC ORIENTAL HEROES

狂風君拳

광풍석권

5

[완결]

도서출판 청어람

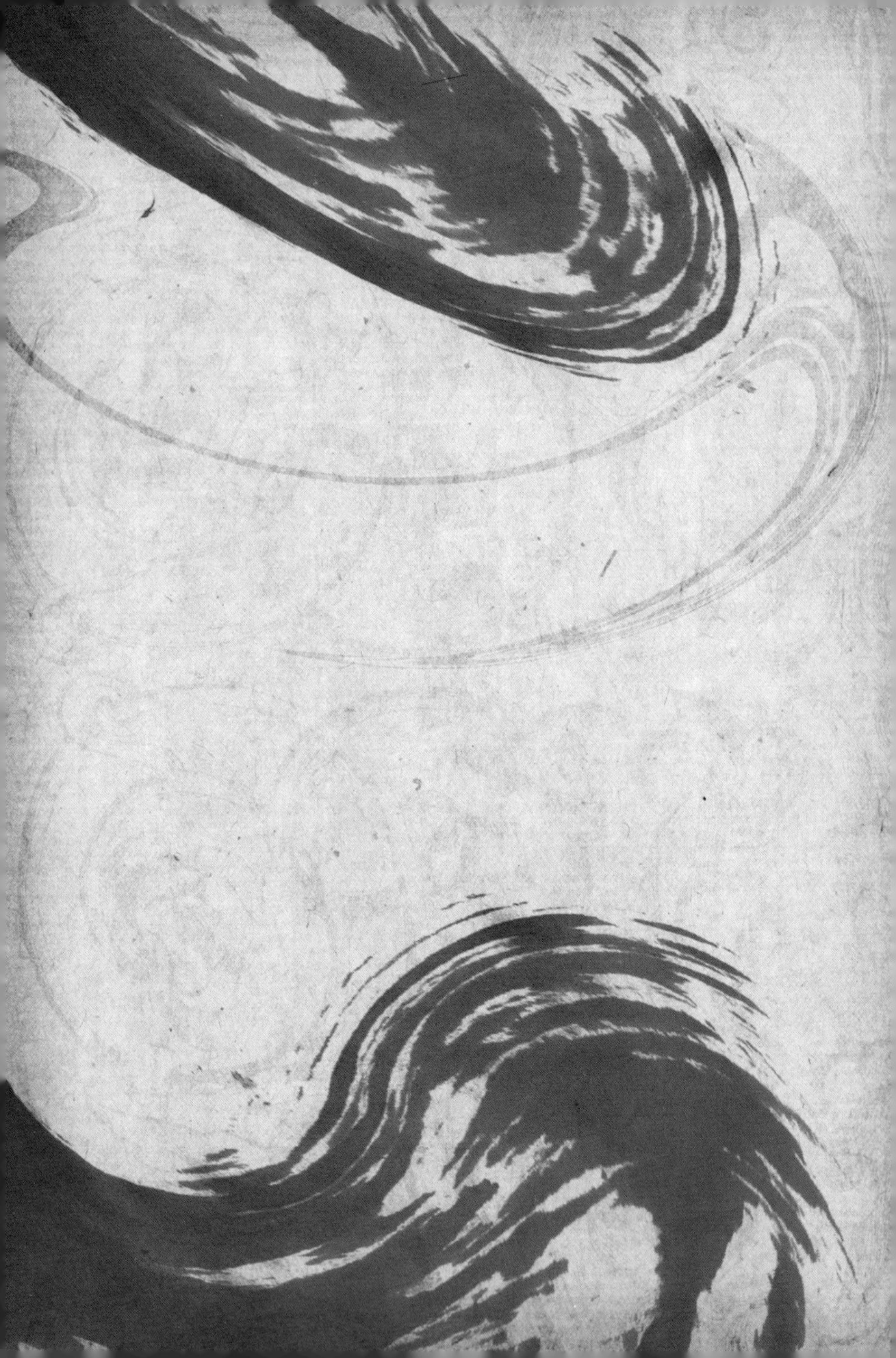

目次

第一章　성장하는 주진평

"네놈들 모두 죽여 버리겠다!"

주진평의 몸에서 살기가 줄기줄기 뻗어 나왔다.

지금 그의 눈에는 보이는 게 없었다.

상대가 뭐라고 했는가.

청수의가를 건드리겠다고 했다. 그곳에는 아버지와 누나와 동생이 있었다. 다른 의가 식구들 또한 있었다.

모두 주진평이 지켜야 할 사람들이고, 그가 생명과도 같이 여기는 자들이었다.

그들을 지키지 못한다면 살아야 할 이유를 잃어버리는 것과 다를 바가 없었다.

화르륵!

주진평의 오른 주먹에서 치솟던 불기둥이 견디다 못해 폭발을 해버렸다.

그 자리에는 황금색 화룡이 자리하고 있었다.

"크아악!"

분노가 가득 담긴 주먹이 곡운성에게로 날아갔다.

곡운성은 그것을 보고도 웃었다.

조금의 긴장감도 느끼지 않는 것 같았다.

그가 입을 열었다.

"나보다는 먼저 상대해야 할 자들이 있지 않을까?"

"……!"

주진평의 눈이 급히 옆으로 돌아갔다.

별안간 느껴지는 움직임이 있었던 것이다.

두 개의 무기가 그를 향해 날아오고 있었다.

한 개는 검, 또 다른 하나는 대도(大刀)였다.

영호환과 유화 사태였다.

"네놈에게 우리가 얻은 힘을 보여주마!"

"크하하! 깜짝 놀랄 것이다!"

두 사람은 한껏 들떠 있었다.

혈천교에서는 항상 자기들이 시키는 일을 하면 힘을 준다고 했다. 이들도 그 꾐에 넘어갔고 오늘 그 결실을 본 듯했다

"무인이란 사람들은 힘을 위해서라면 어떤 일을 해도 괜찮은 건가?"

지금까지 변질된 사람들을 보면 항상 그 힘 때문에 마음을 돌렸었다. 그 힘이란 게 그들에게 어떤 가치이기에 이렇게 자신이 짊어져야 할 책임까지도 모두 버린단 말인가.

주진평은 참 지겹다는 생각을 했다. 그리고 무인이란 이기적이고도 나약한 존재라는 느낌을 받았다.

그도 비록 무공을 얻기 위해, 강해지기 위해 많은 도움을 받았으나 정작 가장 힘들었던 것은 자신이었다. 그만큼의 수련, 수련, 수련.

자신의 노력으로 얻은 것들을 갈무리하기 위해 애써왔고 아직도 애쓰고 있었다.

즉, 한 순간에 이루어진 것은 하나도 없다는 말이었다.

한데 지금 영호환과 유화 사태는 그나마도 올바르지 못한 힘을 얻은 지 얼마 되지 않아 자신에게 덤비고 있었다.

몸에서는 엄청난 힘이 넘치고 있을지 몰라도 그 힘은 완전히 자신의 것이 아닐 게 분명했다.

"이유가 무엇이었든 너희는 손잡으면 안 될 놈들과 한 패가 되었다. 그것만으로도 나에겐 적이다."

주진평은 곡운성을 처리해야 했다.

이들이 앞을 막는다고 해서 포기할 일이 아니었다. 막으면 그저 뚫으면 그만이었다.

화악!

그의 주먹에 머물러 있던 화룡이 두 사람 중 영호환을 향해 날아갔다.

영호환은 그것을 보면서도 두려워하지 않았다.

"예전의 내가 아니다!"

그는 큰 소리로 외치며 대도에 더욱 내공을 불어넣었다.

웅웅!

도가 공명음을 흘리며 가늘게 떨렸다. 그러더니 이윽고 밝고 선명한 도기를 토해 놓았다.

영호환은 그것을 보며 더욱 진한 미소를 지었다.

이것이 자신이 원하고 원하던 힘이었다.

세상을 지배할 수 있는 힘.

그에게는 그 어떤 것보다 필요한 것이었다.

콰아앙!

굉음이 터져 나왔다.

주진평은 자신의 팔을 찌르르 울리는 충격에 살짝 인상을 찌푸렸다.

예상보다 강한 힘이었다.

이것은 혈천교에서 간자들에게 주는 힘이 더욱 발전했다는 것을 의미했다.

추인혼의 정보에 의하면 영호환의 무력이 이 정도까지는 아니었다.

영호환은 뒤로 주르륵 밀려나 있었다.

"크윽!"

그는 왼손으로 오른 손목을 붙잡고 있었다. 충격을 견뎌내지 못한 모습이었다.

하지만 그의 얼굴엔 미소가 어려 있었다.

혼자만의 싸움이라면 도망가는 것이 옳았겠지만 현재는 혼자가 아니었다.

유화 사태와 곡운성이라는 동료가 있었다.

지금은 그저 흑망회주라는 거물을 이긴 주진평의 일격을 막아냈다는 것에 기쁨을 느끼면 되는 것이었다.

주진평은 영호환에게 시선을 계속 둘 수 없었다.

이번엔 유화 사태가 자신을 공격해왔기 때문이다.

콰앙! 콰앙!

검과 주먹이 부딪히며 불똥이 튀었다.

유화 사태 또한 영호환과 크게 다르지 않았다.

그녀도 밀리는 것은 분명했다. 하나 견디지 못할 정도는 아니었다.

두 사람은 연계를 펼쳐 주진평을 압박했다.

"질질 끌 것 없이 우리가 돕죠."

청하가 검을 빼들고 앞으로 나섰다. 그에 장청일 또한 창을 부여잡고 뒤를 따르려 했다.

그러나 두 사람 다 주진평을 돕지는 못했다.

“그대들은 내가 심심치 않게 해주리다.”

곡운성이 그들을 막고 섰던 것이다.

“흥! 그렇지 않아도 당신에게 볼 일이 있었는데 잘 되었네요.”

청하는 곡운성으로 인해 주진평에게 궁지에 몰렸었다. 모두 눈앞에 있는 상대가 풍소우의 팔을 자름으로 해서 생긴 일이었다.

장청일이 살짝 걱정스런 얼굴로 청하를 바라보았다. 아직 두 사람은 곡운성과 맞부딪힌 적이 없지 않은가.

“주군께서 이 자는 강하다고 하셨습니다. 신중히 상대해야 합니다.”

“지난 번 같은 실수는 한 번으로 족해요. 이젠 그런 실수는 안 할 거예요.”

탓!

청하는 그 말을 하고선 바로 발을 움직였다.

그녀는 섬전과 같은 속도로 곡운성에게 다가갔다.

곡운성은 다가오는 청하를 보며 살며시 미소를 지었다. 손은 뒷짐을 진 채였다.

채앵!

검집에서 뽑혀 나온 검신이 노을을 받아 푸르게 빛났다.

청하는 검을 허공에 휘둘리며 내공을 끌어 모았다. 그리고 준비를 마쳤을 때, 그녀는 검을 곡운성을 향해 강하게 내질렀다.

콰콰콰콱!

땅거죽이 패여 사방으로 비산했다.

그 중심에는 푸른 검기가 모든 것을 꿰뚫을 듯 힘차게 뻗어 나가고 있었다.

"호오!"

곡운성의 입에서 탄성이 흘러나왔다. 설마 상대가 이 정도의 실력자인지는 몰랐던 것이다.

그도 청하와 맞부딪히긴 처음이었다.

경시하고 상대하긴 공격이 강했다.

곡운성도 자신의 검을 빼들었다. 이어 자신에게 다가오는 검기를 향해 검봉을 내밀었다.

화아악!

"으윽!"

별안간 청하가 신음을 흘렸다.

고작 검을 꺼내 자신에게 겨눴을 뿐이었다. 한데 엄청난 압박이 그녀에게 가해지고 있었다.

'그자보다 더 강하다?'

이 한 수만으로 청하는 느낄 수 있었다.

자신이 상대했던 천무하보다 곡운성이 더 강하다는 걸 말이다.

청하는 입술을 질끈 깨물었다.

그냥 물러설 수는 없었다. 그녀는 더욱 힘껏 검에 내공을 불어넣었다.

슈아아악!

곡운성의 검봉에서 붉은 빛줄기가 쏘아졌다.

그것은 곧장 청하가 내뿜은 검기 쪽으로 날아갔다.

콰아아앙!

엄청난 굉음이 악산산채를 뒤흔들었다.

장창일의 뒤편에 서 있던 백수연과 백장진, 그리고 유옥령은 터져 나온 섬광 때문에 앞을 제대로 보지도 못했다.

그러나 추인혼과 장청일은 아니었다.

두 사람은 대결의 결과를 한 눈에 알아볼 수 있었다.

'밀렸다!'

곡운성은 제자리에 가만히 있으나 청하는 뒤로 한참이나 물러서 있었다.

그녀는 입가로 핏물이 보이는 게 내상까지 입은 듯했다.

"도와주어야 할 것 같소."

"엥?"

장청일의 말에 추인혼이 눈을 동그랗게 떴다.

단 한 수지만 그것을 보는 것만으로도 몸이 떨릴 정도의 강자였다.

장청일은 모르겠으나 자신은 상대가 될 수 없다는 확신이 단숨에 들었다.

한데 도와주자니.

추인혼으로서는 펄쩍 뛸 수밖에 없었다.

"저런 괴물을 우리가 어찌 상대한단 말이오? 이럴 땐 그냥 가만히 있는 게 도와…… 어이, 이봐!"

장청일은 추인혼의 말이 끝나기도 전에 몸을 움직였다.

청하가 이를 악물고 다시 덤벼들고 있었기 때문이다. 이대로라면 더욱 위험한 지경에까지 이를 수가 있었다.

그 전에 돕는 게 낫다는 것이 그의 판단이었다.

"허어. 미친놈!"

추인혼은 멍하니 서서 장청일의 뒷모습을 바라보았다.

그는 가고 싶지 않았다. 그냥 여기서 구경을 하는 게 옳다는 생각이 강하게 들었다.

그런데 느껴지는 시선이 있었다.

고개를 돌려보니 백수연을 포함한 다른 일행들이 자신을 보고 있는 게 아니겠는가.

그들의 눈빛은 너는 왜 가지 않느냐고 묻고 있었다.

'빌어먹을!'

이대로 있다가는 못난 사람이 될 것 같았다.

그래도 무인으로 살아오며 이런 취급을 받은 적은 없지 않은가.

억울하고 답답했지만 어쩔 수가 없었다.

추인혼은 살짝 물기 어린 눈으로 마지못해 소리쳤다.

“가요. 간다고요!”

말은 그렇게 했으나 그의 발길은 쉽사리 떨어지지 않았다.

“뭐야? 도대체 무슨 일이냐고?”

“몰라. 화탄이라도 터진 거 아냐?”

여기저기서 사람들이 쏟아져 나오기 시작했다. 절대 무시할 수 없는 소음이었기 때문이다.

산채 중앙의 공터로 나온 사람들은 믿을 수 없다는 듯 눈을 부릅떠야 했다.

그들로서는 상상도 할 수 없는 광경이 벌어져 있었다.

공터의 절반이 엉망으로 날아가 있었다. 그리고 그곳에는 그들도 익숙한 얼굴의 사람들이 싸우고 있었다.

“어? 채주 아냐?”

“장문인!”

악산산채와 아미파의 사람들이 자신들의 수장을 발견하곤 기쁜 얼굴을 했다.

말도 없이 사라져 얼마나 걱정을 했던가.

하나 이내 그들의 얼굴이 의아함으로 물들었다.

“채주가 저렇게 강했었나? 그나저나 저 기운은 뭐야?”

“허허! 장문인의 몸에서 웬 사기가 느껴지는 것이냐……”

한 번도 느껴본 적이 없는 영호환과 유화 사태의 기운에 사람들은 당황했다.

특히나 아미파의 비구니들은 충격에 잠겼다.

어찌 불도를 닦는 승려의 몸에서 이질적인 기운이 느껴진 단 말인가.

쾅!

주르르륵!

"헉헉헉!"

충격을 완화시키기 위해 뒤로 물러난 영호환은 거친 숨을 몰아쉬었다. 그러다 자신을 보고 있는 부하들을 발견하게 되었다.

그의 얼굴에 자신도 모르게 미소가 지어졌다.

'흐흐흐! 보았느냐? 이게 나의 진정한 모습이다. 너희들이 어찌 할 수 없는 사람이란 말이닷!'

악산산채의 채주로서 부족함 없이 살았다. 모든 게 잘 돌아가고 있다고 생각했다.

한데 아니었다.

안에서는 곪고 있었던 것이다.

어느 날부터인가 수뇌부들의 행동이 조금씩 바뀌었다. 자신보다 부채주를 더 따르고 있었다. 그리고 그것은 점점 심해져 종국에 가서는 알아서 자리를 비키라는 식으로 나왔다.

그렇지 않으면 목숨을 잃어야 할 것이라면서 말이다.

부채주를 추종하는 자들은 무혈입성을 원했다.

그래도 수뇌부 말고는 그를 따르는 부하들이 꽤 있었기 때문이다.

영호환은 자괴감을 느꼈다. 반역을 이제야 눈치챈 자신을 욕했다.

이 난국을 해결할 방법이 보이지 않았다.

그때 터진 것이 바로 이 전쟁이었다.

처음에는 채주로서 이 전쟁을 이겨 자신의 능력을 보이려 했다. 하지만 상대는 아미파였다.

예전의 성세만큼은 못 미친다 하더라도 명문은 명문이었다.

전쟁은 날로 힘들어져만 갔다.

그러던 어느 날, 자신을 찾아온 사람이 있었다.

바로 유화 사태였다.

영호환은 그녀의 도움으로 산채를 구하고 채주로서 자리를 보전할 수 있는 방법을 찾았다.

그것은 바로 힘, 그리고 화합이었다.

굳이 싸울 이유가 없었다. 아미파가 원하는 것은 악산산채가 아니었다.

그저 악산을 수색할 수 있게 해달라는 것이었다.

그 정도 해주지 못할까. 힘만 준다면.

영호환으로서는 거절할 이유가 없었다.

그래서 지금 이 상황까지 오게 되었다.

더 강해진 모습으로 말이다.

그의 눈에 많이 당황한 부채주의 모습이 들어왔다.

'더 보아라. 그리고 절규해라. 날 배신한 것에 대한 걸 말이다. 이놈을 처리하고 나면 다음은 너다!'

"타압!"

영호환은 다시 힘껏 바닥을 박차며 주진평에게로 다가갔다.

그는 이 전투에서 이기는 모습을 부하들에게 보여주고 싶었다.

"……."

유화 사태의 눈이 자신을 바라보고 있는 아미파 여승들에게로 향했다.

그녀들은 지금 충격에 휩싸여 있었다.

한 번도 본 적이 없으며 승려에게서는 느껴지면 안 될 이기운.

그녀들은 자신들의 장문인을 보며 경악한 표정을 짓고 있었다.

유화 사태는 그 시선들을 무시했다.

"난 내가 할 수 있는 일을 할 것이다."

그녀는 알 수 없는 말을 내뱉으며 다시 발길을 주진평에게로 돌릴 뿐이었다.

쾅쾅쾅!

"헉헉! 쿨럭!"

청하의 입에서 쉼 없이 피가 흘러 내렸다.

그녀는 빠른 속도로 지쳐가고 있었다.

곡운성은 생각했던 것보다 강했다. 천무하의 무위를 상회하고 있었다.

'이것은 예상 밖이야. 이토록 강할 줄이야.'

그녀의 눈이 정면을 향했다. 그곳에는 곡운성이 서 있었다.

그라고 멀쩡한 것은 아니었다.

지친 기색은 보이지 않으나 몸 군데군데에 상처는 입은 상태였다.

청하, 장청일, 그리고 추인혼. 이들 세 명의 합공은 생각보다 훨씬 조밀했다.

비록 추인혼의 경우 무위가 나머지 두 사람에 비해 꽤 떨어지나 그 역시도 오랜 시간 전장을 누빈 무인이었다.

자신이 어느 순간에 나서야 하는지를 확실히 알고 있었다.

쉬익!

그의 검이 곡운성의 발을 노리고 들어갔다.

장청일의 창을 정면에서 맞이하고 있던 곡운성은 어쩔 수 없이 발을 들어 검을 피했다.

그러는 바람에 다리에는 제대로 힘이 실리지 않았다.

콰앙!

"큭!"

발을 굳건히 땅에 박아놓지 못하면 손에 힘 전달이 제대로 되지 않는다.

그 때문에 장청일의 창을 미흡하게 막은 탓인지 곡운성의 몸은 뒤로 주르륵 밀렸다.

그의 미간에 주름이 잡혔다.

이들을 상대하는 건 그리 어렵지 않을 것이라 생각했었다.

그만큼 스스로에 대한 자신감이 있다는 말이었다.

하지만 그 역시도 이들과 싸워보는 것은 처음이었다.

대략 어느 정도의 무인들일 것이라 예상은 했으나 눈앞의 세 명은 그것을 뛰어넘고 있었다. 특히나 강하지는 않지만 계속 자신의 움직임을 방해하는 추인혼이 성가셨다.

"네놈부터 죽어야겠구나."

새빨갛게 변한 곡운성의 눈이 추인혼을 노려보았다.

흠칫!

추인혼은 목을 쏙 집어넣었다.

'이거 괜히 설쳤다가 내가 먼저 죽겠는데?'

죽고 싶은 마음은 전혀 없었다. 그는 천천히 뒷걸음질 쳤다. 손은 열심히 좌우로 흔들어댔다.

자신은 이제부터는 공격하지 않겠다고 온몸으로 표현하고 있는 것이었다.

하나 곡운성은 그런 그의 마음을 알아주지 않았다.

스윽!

그가 검봉을 앞으로 내밀었다. 예의 그 기술을 쓰려고 하는 것 같았다.

푸학!

검봉에서 뿜어져 나온 붉은 빛줄기가 추인혼을 향해 힘차게 날아갔다.

"히익! 사, 살려줘!"

추인혼이 기겁해 소리쳤다.

그에 장청일과 청하는 다급히 몸을 띄웠다.

두 사람이 도착한 곳은 추인혼의 바로 앞. 그들은 각각 창과 검에 내공을 불어 넣었다.

웅웅웅!

공명음이 주변에 울려 퍼졌다.

두 사람은 그것을 추인혼에게로 날아오는 빛줄기를 향해 힘차게 휘둘렀다.

콰앙!

푸화악!

세 개의 기운이 충돌하며 주변으로 기파를 흩뿌렸다.

그그그그!

어느 한 쪽이 우위를 점하지 못했다.

그저 공중에서 얽혀 어느 곳으로도 나아가지 못하고 있었다.

힘을 겨루는 상황이 되고야 말았다.

그러나 문제가 있었다.

바로 청하의 체력이 많이 떨어져 있다는 점이었다.

그녀는 얼마 버티지 못하고 살짝 뒤로 밀렸다.

피잉!

아주 조금 뒤로 밀린 것이지만 드러난 상황은 급박하게 돌아갔다.

막혀 있던 빛줄기가 다시 힘차게 전방으로 뻗어나갔다.

그것은 추인혼의 정면이었다.

"빌어먹을! 두 사람이서 그걸 못 막아!"

추인혼은 원망 섞인 외침을 뱉었다.

곡운성의 공격은 자신이 막기에 너무 빨랐다. 그리고 저기에 담긴 거력을 알기에 긴장을 해버렸는지 피하는 게 너무 늦었다.

퍼억!

"크아아악!"

결국 공격을 허용하고 말았다.

추인혼은 자신의 왼쪽 어깨를 잡고 바닥을 데굴데굴 굴렀다. 입에서는 연신 죽는 소리가 나왔다.

하나 목숨에 지장은 없었다.

근육이 상하지 않을 정도로 살이 뜯겨나간 것뿐이었다.

청하와 장청일이 막아섬으로 해서 궤도가 살짝 틀린 탓이었다.

"어엇!"

세 사람이 다시 곡운성에게로 시선을 돌리는 사이, 갑자기 뒤편에서 경악성이 흘러나왔다.

그리고,

콰아앙!

"커허억! 도, 도대체 뭐하는 짓이오!"

폭발음과 함께 영호환의 신음소리가 들려왔다.

고개를 돌려보니 계속 뻗어나간 곡운성의 공격이 뒤편에서 주진평과 싸우고 있던 영호환을 덮친 것이었다.

영호환으로서는 마른하늘에 날벼락일 수밖에 없었다.

그는 비척비척 뒤로 물러나고 있었다. 추인혼과 마찬가지로 어깨에 상처를 입은 듯했다.

"어, 미안하군."

말과 달리 곡운성은 크게 미안해하지 않았다.

어차피 자신은 혈천교에서 이들보다 상위에 있는 사람, 실수는 했지만 머리를 숙일 필요는 없었다.

그래서인지 마치 있어도 그만, 없어도 그만이라는 듯 대충 인사를 건네고 말았다.

그것이 영호환의 심기를 건드렸다.

"그게 지금 미안한 사람의 태도요!"

그의 언성이 높아졌다.

적어도 같은 편이라면 서로를 위하는 게 있어야 하지 않겠는가.

하나 지금 그들의 모습에서는 연대감이란 감정은 조금도 엿볼 수 없었다.

"지금 뭐하는 건가요, 영 채주!"

그 순간 별안간 유화 사태의 다급한 음성이 들렸다.

영호환이 고개를 돌려보니 자신이 잠시 빠진 사이 그녀는 위기에 처해 있었다.

주진평은 유화 사태를 거침없이 몰아붙이고 있었다.

이제 끝을 맺으려는 것 같았다.

"지금 가오!"

영호환이 황급히 몸을 날렸다.

하지만 한 발 늦었다.

주진평의 열화로 이글거리는 오른 주먹이 유화 사태의 복부를 향해 쏜살같이 날아가고 있었다.

퍼억!

"커헉!"

숨이 턱 막히는 듯한 소리가 귓가로 들렸다. 그와 동시에 유화 사태는 입으로 피를 뿜으며 멀찍이 날아가 떨어졌다.

"자, 장문인!"

아미파의 여승들이 경악한 얼굴로 유화 사태에게 뛰어갔다.

상황이 어떻게 돌아가고 있는지 알 수가 없었다.

왜 자신들의 장문인이 성야맹의 사자라는 주진평과 싸우는지, 그리고 왜 아미파의 정심한 내공이 아닌 이질적인 기운을 사용하는지 그 어느 것 하나 쉽사리 짐작도 하지 못했다.

하지만 장문인이었다.

문파의 가장 큰 어른이고 지금껏 그녀들의 빛이 되어주던 사람이었다.

그런 그녀의 위기를 아미파의 비구니들은 모른 척 할 수 없었다.

그런 상황을 주진평도 이해하는지 유화 사태에게 더 이상 공격을 퍼붓지는 않았다.

아미파의 비구니들이 다가가는 것도 허용을 했다.

어차피 유화 사태는 지금 더 이상 싸우기는 무리였다.

지금은 자신이 진정으로 복수를 해야 할 사람을 상대해야 했다.

그 때문에 무공도 모두 개방한 것이 아니지 않은가. 벌써부터 무리를 해버리면 정작 필요할 때 전력을 다할 수 없었다.

"으……."

영호환이 주진평을 향해 다가오다가 걸음을 멈춘 상태로 서 있었다.

도저히 혼자서는 상대할 자신이 없었던 것이다.

더군다나 부상을 입은 몸이지 않던가.

주진평은 천천히 그에게 다가갔다.

"내막은 모른다. 하지만 넌 저들의 손을 잡지 말아야 했어."

영호환의 얼굴이 붉게 달아올랐다.

"말 그대로 네놈이 내 상황을 몰라서 그딴 소리를 뱉는 것이다. 난 이 힘이 필요했다. 그렇지 않으면 내 모든 걸 잃는단 말이다!"

지금껏 자신이 가지고 있던 모든 것을 내어놓아야 할 처지에 처해 있었다. 잘못하면 목숨을 잃을 수도 있는 상황이었다.

그런 상황에 힘을 준다는데 거부할 사람이 어디 있을까.

영호환의 입장에서는 충분히 따질 수 있는 일이었다.

주진평의 얼굴이 살짝 일그러졌다.

얼굴과 목소리에서 절박함이 느껴졌다. 영호환에게서 예전의 자신의 모습이 투영되어 보였다.

그를 이해할 수는 있을 것 같았다.

하지만 그렇다고 놓아주거나 방관할 수 있는 입장은 아니었다.

혈천교는 자신의 적이지 않던가.

"네놈에게 내가 권해줄 수 있는 것은 단 한 가지다. 투항해라. 목숨을 빼앗지는 않겠다."

주진평으로서는 최대한 배려해주는 것이었다.

하나 영호환은 갈등했다.

이곳에서 눈앞의 상대를 죽이면 지금처럼 악산산채는 물론 어쩌면 천하를 지배하는 세력의 한 축이 될 수도 있었다.

투항한다면 목숨만 살아 있을 뿐, 희망을 엿보기는 힘들 것 같았다.

그의 눈이 곡운성을 향했다.

"이 사태를 보고만 있을 것이오? 뭐라도 해야 하지 않소!"

영호환의 말에 곡운성은 심드렁한 표정을 지었다.

마치 자신이 알 바가 아니라는 듯 말이다.

쉬익!

그때, 갑자기 검은 인영 하나가 산채 안으로 날아들었다.

움직임이 귀신과도 같았다.

인영은 빠른 속도로 움직여 곡운성의 옆에 내려섰다. 그리곤 부복하며 입을 열었다.

"이곳은 아닙니다. 확인했습니다."

"쯧, 역시 그렇군. 괜한 수고를 한 꼴이 되었어."

뭔가 마음에 들지 않는지 곡운성의 미간이 일그러졌다.

그는 무심한 표정으로 주변을 한번 둘러보았다.

아미파와 악산산채의 사람들이 눈을 동그랗게 뜨고 자신을 보고 있었다.

저들은 자신이 어떤 존재인지를 전혀 눈치채지 못한 모습이었다.

“훗! 하긴 너희가 무슨 잘못이겠느냐? 모두 멍청한 수장들 덕분이지.”

곡운성이 부복하고 있는 검은 인영을 바라보았다. 그는 정말 평범한 일을 주문하듯 편하게 말했다.

하지만 지금 이곳에서 그 이야기를 들은 사람이라면 자신의 귀를 의심해야 했다.

“모두 지워라. 쓸모없는 것들이다.”

“……!”

주진평을 비롯한 일행들까지도 눈을 부릅떴다.

지금 이곳에는 두 세력의 많은 사람들이 있었다. 한데 자신 있게 모두를 죽이라고 말하고 있었다.

도대체 무슨 배짱인가? 아니, 이게 무슨 망언인가?

그러나 이내 주진평을 시작으로 청하와 장청일의 얼굴이 굳어갔다.

많은 수의 사람들이 이곳으로 다가오고 있었다.

그들의 기척만 느껴보아도 하수가 아니었다.

곡운성의 말은 허언이 아니라는 말이었다.

“도, 도대체 이 많은 사람들이 어디서……?”

바닥에 쓰러져 있던 유화 사태가 경악한 표정을 지었다.

지금껏 곡운성과 함께 다녔다. 들어오는 보고에 대해서도 어느 정도 인지를 하고 있었다.

한데 이 많은 수의 사람들이 이 근처에 있었다는 사실은 금

시초문이었다.

무엇보다 지금껏 명령에 충실히 따랐던 자신까지도 죽이려 한다는 것을 그녀는 곡운성의 눈을 보고 알 수 있었다.

유화 사태의 얼굴이 홍분으로 붉게 물들었다.

"이게 뭐하는 짓입니까? 분명히 약속하지 않았습니까. 본파는 건드리지 않기로 말입니다!"

곡운성이 그녀를 향해 고개를 돌렸다.

"내가 자네까지 죽이기로 한 마당에 그딴 약속이 무슨 필요가 있겠나? 미련을 버리고 사이좋게 가시게. 하하하!"

"……!"

유화 사태는 순간 충격으로 숨이 멎을 것만 같았다.

자신이 무엇 때문에 혈천교의 손을 잡았던가.

이 모든 게 아미파의 후학들이 다 잘 되기를 바라서 한 밀이었다.

한데 결국 자신이 한 일이 아미파 전체를 몰살로 몰아넣은 것이 되어 버렸다.

"허어…… 이 일을 어찌 할꼬. 불쌍한 이 아이들을 어찌 할꼬! 모든 게 내 탓이구나."

그녀의 눈에서 통한의 눈물이 흘렀다.

"자, 장문인 탓이라니요. 당치도 않습니다. 모든 건 저기 눈에 보이는 산적 놈들과 부족한 저희 탓입니다. 장문인께서는 아무런 잘못이 없으십니다."

자신들의 수장이 눈물을 흘리는 게 안타까웠을까.

주변에 있는 비구니들이 유화 사태를 보며 같이 눈물을 흘렸다.

그것이 더욱 유화 사태의 마음을 안타깝게 만들었다.

모든 건 자신의 탓이 아니던가.

“저기 있는 악산산채의 사람들도, 그리고 너희도 잘못한 것은 아무것도 없단다. 모두 아미파를 단단한 반석 위에 올려놓으려던 내 욕심 탓이란다.”

“그, 그게 무슨 말씀이신지…….”

유화 사태는 순간 고민했다.

이 다급한 순간에 이런 말을 하고 있는 게 옳을지 말이다.

그러나 생각을 해보니 간단하게라도 말을 해야 할 것 같았다.

만약 이들이 살아남는다면 무림에 할 말이 있어야 했다.

이대로라면 자신 한 명 때문에 아미파 전체가 혈천교의 주구로 오해를 받을 수도 있었다.

“잘 듣거라. 우리가 악산산채를 공격한 것도, 내가 이상한 기운을 사용하는 것도 모두 내가 혈천교라는 단체의 말을 들었기 때문이란다.”

“네?”

비구니들은 경악을 금치 못했다.

갑자기 혈천교란 단체는 무엇인가?

자신들은 악산산채를 공격한 것이 백성과 무림을 위한 것이라 생각하지 않았던가.

"지금 우리 아미파는 예전의 성세를 찾기 힘든 상황까지 왔다. 실제적으로 재정 상태도 아주 좋지 않지. 그 위기를 타파할 수 있는 수단이 필요했다. 그것은 내가 강해지는 것이지. 본 파에서 천하에 이름 높은 고수가 나온다. 이게 내가 생각한 일 단계였단다."

그녀는 자신이 절대 고수의 경지에 오르면 다른 자들이 아미파를 다시 볼 것이라 생각했다.

그리고 만약 큰 지장 없이 무공을 성장시킬 수 있다는 것이 확인 되면 다른 이들에게도 이 방법을 전수할 생각이었다.

그래서 전체적인 성장을 꿈꾸고 있었다.

지금은 문파의 상황이 너무 좋지 않았다. 밑의 사람들은 모르겠지만 수뇌부들은 심마에 들 지경이었다.

그 상황에서도 수장이 할 수 있는 일은 많지 않았다.

그렇다 보니 혈천교에서 내민 손을 잡지 않을 수 없었다.

혹 잘 되어 혈천교가 천하를 차지한다면 자신이 속한 아미파 또한 다시 성세를 누릴 수 있지 않겠는가.

"참으로 안일한 생각이었지. 상의 없이 나 혼자 한 일로 결국 너희를 이 위기에 처하게 만들었구나. 면목이 없구나."

자신은 생명이 꺼져가고 있었다.

그 때문에 더욱 미안했다.

이 모든 짐을 남아 있는 사람들이 감내해야 할 게 아닌가.

장문인의 침울한 말을 들은 비구니들은 고개를 숙이고 한 동안 움직이지 않았다.

유화 사태도 덩달아 고개를 숙였다.

이들에게 이런 고통을 주게 되었으니 가슴이 찢어지는 것 같았다.

그 순간 비구니 한 명이 고개를 들었다.

"장문인만의 잘못이 아닙니다. 이것은 저희 모두의 잘못입니다. 그러니 너무 심려치 마십시오. 저희가 어떻게든 일으켜 세워 보겠습니다."

이어 다른 비구니가 말을 이었다.

"맞습니다. 본 파의 저력은 그렇게 약한 것이 아닙니다. 유구한 역사와 함께 해온 저희입니다. 그 정도는 충분히 이겨낼 수 있을 것이라 확신합니다."

"……"

그들의 말을 들은 유화 사태의 눈시울이 붉어졌다.

'내가 참으로 멍청했구나. 이렇게 강인한 너희를 믿지 못했다니. 난 그저 거름이 될 생각으로 너희의 뒤만 받쳐주면 되는 것이었는데……'

뒤늦은 후회는 아무리 빨라도 늦은 것이었다.

지금 이 상황까지 오지 않았는가.

유화 사태의 두 눈에서 뜨거운 눈물이 흘렀다.

잠시 후 그녀가 고개를 들었을 때, 비구니들은 볼 수 있었다.

단호한 결심이 어린 얼굴을 말이다.

"어이, 어디가나?"

산채를 벗어나려던 곡운성은 뒤편에서 들린 소리에 고개를 돌렸다.

그곳에는 주진평이 서 있었다.

"큭! 지금 내게 신경 쓸 때가 아닐 텐데? 살아남으려면 지금이라도 도망가는 것이 낫지 않을까?"

"웃기는 소리하고 있네. 내가 네놈을 앞에 두고 왜 도망을 가? 뭐 저기 오는 놈들 믿고 날 그냥 놔두고 가려고? 자신이 한 말을 지키지 않는군."

"내가 한 말?"

"내게 복수를 하겠다며!"

"하하하하!"

갑자기 곡운성이 크게 웃었다.

그는 뭐가 그렇게 웃긴지 한 동안 웃음을 멈추지 않았다.

그에 주진평의 얼굴이 더욱 굳어졌다.

"뭐가 그렇게 웃기지?"

"아, 미안하네. 하하! 자네가 착각을 하고 있는 것 같아 웃었네."

"착각?"

"그렇지. 난 복수를 하겠다고 했지 자네를 죽인다는 말 따위 하지 않았다네. 내 말은 여기서 내가 직접적으로 나설 생각은 없다는 말이네."

"뭐!"

"당연한 것 아니겠나. 내가 나서면 자네는 확실히 죽는데 말이야. 그건 내가 원하는 일이 아니네."

"허!"

주진평은 기가 막혔다.

도대체 저런 자신감은 어디서 나온단 말인가.

붙는다 하더라도 자신이 가만히 죽어줄 리는 없었다. 예전에 만났을 때보다 더 강해졌으니 이번에는 상대할 만 할 것이라는 게 그의 생각이었다.

한데 저렇게 나오니 오히려 더 화가 끓어올랐다.

"네놈이 그렇게 나온다고 해서 내가 놓아 줄 것이라 생각하느냐? 내 집으로 간다는 놈을 말이야!"

탓!

주진평은 바닥을 박찼다.

그는 이글거리다 못해 뜨겁게 타오르는 열화지석을 들고 곡운성에게로 다가갔다.

곡운성은 뒷짐을 진 채 여전히 웃고 있었다.

파팟!

갑자기 느껴지는 기척.

주진평은 인상을 찌푸렸다.

또 방해꾼들이 나타난 것이다.

그는 성난 듯 소리쳤다.

"이제 장난은 그만하자!"

화르륵! 콰콰쾅!

"……!"

곡운성은 눈을 부릅떴다.

주진평을 상대하러 갔던 부하들이 한 줌의 재가 되어 버렸다.

그들의 경지를 알기에 더 놀랄 수밖에 없었다.

"성장했다 이 말이구나."

스릉!

곡운성은 진지한 얼굴로 검을 빼들었다.

그것을 본 주진평은 그제야 미소를 지을 수 있었다.

第二章
청수의 가에 닥친 위기

"크아악!"

"이, 이놈들이!"

악산산채의 산적들과 아미파의 비구니들이 비명을 질러댔다.

산채 안으로 들어온 검은 인영들은 지체 없이 두 세력의 사람들에게 살수를 뿌려댔다.

서격! 서격!

그들은 강했다.

기본적인 무력 자체가 두 세력보다 위였다.

그러다보니 산채 안은 아비규환이 될 수밖에 없었다.

"모여라! 혼자 적을 상대하지 말고 뭉쳐서 싸워라!"

아미파의 수뇌부들은 제자들을 급히 한 곳으로 불렀다.

강한 적을 일대일로 상대한다면 필패가 분명했다. 조금이라도 살 수 있는 방법은 뭉쳐서 적을 상대하는 수밖에 없었다.

다행히 적의 수는 그다지 많지 않았기 때문이다.

아미파와는 달리 악산산채는 그들을 규합하는 사람이 없었다. 그래서인지 빠른 속도로 숫자가 줄어들었다.

뒤늦게야 부채주가 부하들을 모으려 했으나 벌써 공황상태에 빠져서인지 생각처럼 되지 않았다.

이 상황을 타파할 방법이 보이지 않았다.

그 순간이었다.

"컥!"

검은 인영 몇몇이 바닥에 쓰러졌다.

그들은 모두 악산산채의 산적들을 주살하던 자들이었다.

"멍청한 놈들, 이대로 다 죽을 생각이더냐! 정신 차려라!"

영호환이 낭아곤을 들고 소리치고 있었다.

"채, 채주님!"

산적들은 얼빠진 얼굴을 했다.

분위기를 보아하니 적들의 편에 선 것 같았다.

한데 자신들을 돕고 있었다.

그뿐만이 아니라 한 명이라도 더 살리려고 분주히 움직이기까지 했다.

"내가…… 이놈들을 위해 이렇게까지 할 필요가 있나?"

영호환 스스로도 자신이 왜 이러는지 알 수가 없었다.

전부는 아니더라도 꽤 많은 인원이 자신을 채주 자리에서 밀어내는데 찬성을 했다고 봐도 과언이 아닌 상황이었다.

그런데 자신은 그런 놈들을 구하고 있다니.

"채, 채주님 감사합니다! 역시 본 산채는 채주님밖에 없습니다."

"구해주셔서 고맙습니다!"

적을 처단하다 보니 몇몇 부하들이 인사를 건네 왔다.

그들의 얼굴에는 미안한 감정이 없었다. 믿었던 사람이 구해주었다는 안도감과 감사함만 가득 담겨 있었다.

영호환의 뇌리에 남아 있는 부하들도 더러 보였다.

'그래 이놈들이 남아 있었다. 모두가 날 배척하는 것은 아니었어. 적어도 이들은 날 진정 채주로 생각하고 있잖아.'

그들을 구하다 보니 자신이 왜 나섰는지를 알 수 있을 것 같았다.

자신은 아직 이 악산산채의 채주였다. 그리고 지금 이 순간에도 자신을 진정으로 따르는 부하들이 있었다.

이들을 버릴 수가 없었다. 이들을 구하고 싶었다.

그런 감정이 있었기에 자신이 나선 것이었다.

"그래, 이 지경이 되었지만 난 아직 악산산채의 채주다!"

영호환은 자신의 정체성을 찾았는지 더욱 힘차게 낭아곤을 쥐고선 혈천교 놈들을 상대하기 시작했다.

콰아앙!

엄청난 충격파가 주변을 휩쓸었다.

먼지 속에서는 억눌린 신음이 흘러나왔다.

“큭!”

“커헉! 헉헉!”

주진평과 곡운성은 치열하게 대결을 벌이고 있었다.

예전처럼 주진평이 일방적으로 밀리는 모습은 아니었다.

지금은 어느 정도 상대가 되는 것 같았다.

곡운성은 놀랍다는 표정을 지었다.

짧은 시간에 이렇게 강해진 사람을 본 적이 없었다.

자신들이 가지고 있는 환약의 기운을 빌리더라도 이렇게까지는 될 수가 없었다.

그는 자신의 예상이 잘못되었음을 느꼈다.

“도대체 아까는 왜 그런 전투를 벌였는지 이해가 안 되는군. 이 정도라면 저 두 명을 상대하는데 큰 어려움이 없었을 것인데.”

“모두 네놈을 상대하기 위해 아껴놓은 힘이다. 물론 거기에는 내 사람들을 믿은 것도 있지만.”

주진평의 눈이 적을 맞이해 엄청난 위력을 발휘하는 장청일과 청하에게 향해 있었다.

그들은 분명히 지치고 상처를 입었지만 최선을 다하고 있었다.

악산산채나 아미파의 사람들을 위해서가 아니라 오로지 혈천교의 개들을 처리한다는 마음으로 말이다.

그것이 결국 모든 사람들에게 도움이 되고 있었다.

검은 인영들이 압도적으로 밀어붙이지 못하는데 큰 역할을 하고 있었다.

곡운성의 얼굴이 미미하게 찌푸려졌다.

지금 상황이 마음에 들지 않는다는 말이었다.

그가 손가락을 들어 올리며 말했다.

"행하라."

그의 나지막한 말에 복면인들이 품에 손을 넣었다.

품에서 들려 나온 것은 검은 환약이었다.

이번에는 주진평의 얼굴이 굳었다.

"제길!"

무슨 효능을 지닌 약인지 정확히는 알지 못했다. 하지만 한 가지, 복면인들이 더 강해질 것이란 건 당연한 일이었다.

"조심해!"

그는 자신의 일행들에게 주의를 주었다.

지금은 백수연과 백장진이 있기 때문에 더 신경을 써야 했다.

유옥령도 어느 정도 무공을 익혔으니 상관이 없지만 그 두 사람은 지금 이곳에 있는 일행 중 가장 약한 것이 사실이었다.

청하와 장청일이 앞으로 나서고 추인혼이 부상당한 몸을 이끌고 백장진과 백수연의 곁으로 다가갔다.

반대편은 유옥령이 지켰다.

적들이 어떤 식으로 나올지 알 수가 없었다.

지금은 경계에 신경을 써야 했다.

드드드드!

몸이 으스러지는 소리가 사방에서 울려 퍼졌다. 그와 동시에 복면인들의 몸에서 폭발적인 기운이 흘러나왔다.

"역시!"

주진평은 자신의 생각이 옳았다는 것을 알 수 있었다.

이렇게 되면 마음이 다급해졌다.

적의 수가 적다고는 하지만 고수 축에 속하는 자들이라면 상황이 달랐다.

얼른 눈앞의 상대를 처리하고 일행들을 도와야 했다.

화르륵!

그는 열화지석과의 동조를 일으킨 채로 빙한지석을 움켜쥐었다.

주진평의 눈에 긴장한 빛이 돌았다.

그는 지금 두 기운을 동시에 쓰기로 마음을 먹은 것이다.

이제껏 실험을 한 것이라면 지금은 제대로 된 실전이었다.

웅웅웅!

공명음이 들리며 그의 몸이 점차 떨리기 시작했다.

사그라지는 불길에 물을 붓는 것과는 달랐다.

현재는 맹렬히 타오르고 있는 열화의 기운에 빙한의 기운이 침범을 하는 것이기 때문에 엄청난 반발력이 예상되었다.

주진평은 두 눈을 질끈 감았다.

싸아아아!

빙한지석을 쥔 왼손 주위로 서리가 내려앉았다.

주진평의 몸은 지금 반으로 나뉘어 있었다.

오른손에서는 뜨겁게 타오르는 불길이, 왼손에서는 하얗게 빛나는 서리가 쌓이고 있었다.

이 모든 게 그의 단전이 반으로 나뉘어 있기에 가능한 것이었다.

"으으……."

그의 입에서 억눌린 신음이 흘러나왔다.

그만큼 고통스럽다는 뜻이었다.

주진평은 이 고통을 오래토록 유지하고 싶지 않았다.

그의 몸이 순간적으로 사라졌다.

"……!"

곡운성은 경악해 몸을 움직였다.

상상도 하지 못했던 움직임이었다. 그는 자신이 상대에 대해 크게 착각했다는 것을 이제야 알 수 있었다.

쾅!

굉음이 터졌다.

곡운성의 검에는 피처럼 붉은 검강(劍罡)이 솟아 있었다.

그것은 그의 경지가 절정을 넘어 초절정에 이르렀다는 것을 의미했다.

무림에 큰 파문을 일으킬 수 있는 엄청난 고수라는 말이었다.

두 사람은 서로의 목숨을 취하려고 쉴 새 없이 손을 움직였다.

쾅!

"큭!"

"쿨럭!"

곡운성과 주진평은 서로 뒤편으로 물러나 상대를 바라보았다.

두 사람 모두 낭패한 기색이 역력했다.

'내 예상보다 훨씬 더 강한 놈이었어!'

주진평은 곡운성의 안색을 확인했다.

분명히 놀라고 지친 기색이 엿보였다. 예상이 뒤집어 졌으니 당연한 것이었다.

그러나 문제는 모든 걸 쏟아냈다는 느낌이 들지 않는다는 것이다.

물론 그것은 자신도 마찬가지였다.

하나 안타까운 게 한 가지 있었다.

자신에겐 남은 시간이 많지 않다는 점이었다.

기운을 교차로 부딪치는 것과 충돌을 유지하는 것은 아주 큰 차이가 있었다.

몸의 부담은 이루 말로 할 수 없었다.

지금 더 급한 사람은 주진평이었다.

그는 시간을 지체할 수 없어 무리가 되더라도 다시 곡운성을 향해 다가갔다.

“저곳을 막아라! 혼자서 싸우지 말고 여럿이 함께 상대하라!”

영호환이 목청껏 소리를 질렀다.

적들이 환약을 복용하고 나서는 분위기가 완전히 바뀌었다.

일방적으로 밀리고 있었다.

지금에 와서는 아미파나 악산산채의 구분이 없었다.

적들은 두 세력 모두를 처단하려고 했다.

그럼 상대는 자연적으로 뭉칠 수밖에 없었다. 그것도 밀리는 상황에서라면 말이다.

악산산채와 아미파는 너 나 할 것 없이 협력하여 싸우고 있었다.

지금은 이곳에서 살아나는 게 중요했다. 어제의 적은 지금 동료가 되어 있는 상황이었다.

"헉헉!"

영호환은 힘에 부치는 것을 뼈저리게 느꼈다.

입에서는 단내가 났다.

얼마나 소리치고 움직였던가.

아미파는 지금 수장이 쓰러져 있었다.

유화 사태는 아직도 전력에는 전혀 도움이 되지 못했다. 그러다보니 그는 혼자 고군분투해야 했다.

"씨발! 그래, 이렇게 죽으나 저렇게 죽으나! 일단 이 새끼들은 이기고 본다."

영호환은 마음을 다스렸다.

아까의 안일한 생각은 없었다. 지금은 악산산채의 채주로서 책임을 지려하고 있었다.

쉬익!

갑자기 영호환의 등 쪽으로 검이 날아들었다.

그는 앞쪽의 적을 맞이하고 있어 뒤편까지는 낭아곤을 휘두를 여력이 없었다.

그 순간, 영호환의 등을 지키기 위해 달려든 자가 있었다.

채앵!

"큭!"

그자는 복면인의 검을 막아내거는 했지만 부상을 입은 것 같았다.

앞의 적을 처리한 영호환이 뒤편으로 고개를 돌렸다.

“……!”

그의 눈이 화등잔만 하게 커졌다.

“네놈이 여기에 웬 일이냐!”

그는 화가 난 듯 소리쳤다. 자신의 뒤를 지킨 사람은 다름 아닌 부채주였던 것이다.

악산산채의 부채주는 영호환을 보며 희미한 미소를 지었다.

“이런 모습을 보여주려면 조금 더 빨리 보여주지 그랬소. 내가 나쁜 마음을 먹기 전에 말이오.”

그는 마치 자신이 영호환에게 했던 행동을 후회하듯 입을 열었다.

영호환의 입에서는 콧방귀밖에 나오지 않았다.

“닥쳐라! 네놈이 이런다고 내가 고마워 할 것이라 생각했더냐!”

자신을 채주 자리에서 밀어내려고 했었다. 자신의 모든 것을 빼앗으려 했던 자였다.

영호환의 입장에서는 얼굴도 마주하기 싫은 상대였다.

하지만 부채주는 아닌 듯했다.

“채주, 당신은 모르겠지만 부하들이 굶고 있었소. 윗대가리들이 배부르게 먹는 동안 밑에 놈들은 몸이 앙상해지고 있었단 말이오. 난 그것을 볼 수 없었을 뿐이오.”

“……! 그게 무슨 말도 안 되는!”

부채주의 말을 믿을 수 없었다. 대체 이게 무슨 말이란 말인가.

“이 자식들이 여유가 넘치는 구나! 나머지는 저승에 가서 마저 이야기 하거라!”

자신을 무시하는 작태에 복면인은 화가 났는지 검을 힘차게 휘둘렀다. 그의 목표는 두 사람 모두였다.

하나 그것은 성공하지 못했다.

“네놈은 입 다물지 못하겠느냐!”

쉬익!

“커억!”

복면인의 몸이 반으로 쪼개져 바닥에 쓰러졌다.

그 앞에서는 영호환이 코에서 김을 뿜으며 서 있었다.

“다시 말해 보아라. 만약 거짓이라면 지금 이 자리에서 널 죽일 것이다.”

그는 부채주에게 그간의 일을 상세히 고할 것을 명했다. 부채주는 전장이라는 것을 감안해 요점만 이야기 했다.

“우리 위에 계신 분들이 호의호식(好衣好食)을 만끽하면서도 몸은 움직이지 않으니 재정이 버텨낼 재간이 있습니까? 채주도 잘 먹고 잘 살아왔다는 말에 이의는 없을 것 아니오.”

영호환은 멍한 표정을 지었다.

지금껏 자신이 만족하고 있던 삶이 모두 부하들이 안 먹고 아껴서 가능한 일이었다니.

이들에게 분노를 느낀 게 미안할 지경이었다.

"멍청한 놈들, 입은 뒀다 뭐해? 말을 해야 알 것 아냐!"

"퍽이나! 채주 성격에 그런 말을 하면 잘도 가만 두겠소. 죽이지 않으면 다행이지."

말 한 마디 한 마디가 칼이 되어 영호환의 가슴을 푹푹 찔렀다.

듣고 보면 자신이 잘한 건 하나도 없었다.

결국 이 모든 일이 자신 스스로가 한 일로 비롯한 것이란 말이었다.

'자업자득이란 말인가.'

영호환이 자책을 하며 반성의 시간에 빠지려 하는데 그것을 방해하는 소리가 있었다.

"크아아악!"

억울함이 가득 담긴 비명소리였다.

날카로운 목소리가 아닌 게 분명 악산산채의 사람이었다.

"여기서 이러고 있을 게 아니다. 어서 가자!"

"알겠소!"

악산산채를 책임지는 채주와 부채주가 죽어가는 부하들을 구하기 위해 전속력으로 뛰어가고 있었다.

전장의 상황이 점점 아미파와 악산산채에 좋지 않은 방향
으로 가고 있었다.

여러 고수들이 팔방으로 분주히 뛰어다녔지만 그 수가 너
무 적고 적은 강했다.

제자들 사이에 둘러싸여 몸을 추스르고 있던 유화 사태는
침통한 표정을 지었다.

이대로는 이 상황을 타개하지 못할 것 같았다.

아니, 전멸을 면하기 어려울 듯 보였다.

'안 된다. 이들은 잘못이 없다. 내가 뿌린 씨앗, 내가 거둬
야 한다.'

그녀의 눈빛에 결심이 어렸다.

어차피 자신은 지금 짐밖에 되지 않았다. 더군다나 후에라
도 몸의 상태가 좋아진다는 보장을 할 수 없었다.

생각보다 주진평이 손을 강하게 쓴 탓이다.

그녀는 힘겹게 몸을 일으켰다.

"자, 장문인. 아직 움직이시면 안 됩니다. 지금은 쉬셔야
합니다."

아미파의 비구니들이 유화 사태를 말리려 했다.

하지만 그녀는 그런 제자들의 손을 뿌리쳤다. 그저 말없이
자리에 서서 주변을 둘러보고 있었다.

그녀의 시선이 한 곳에 멈추었다.

그곳은 적들이 가장 많이 포진된 장소였다.

"서, 설마!"

"안 됩니다, 장문인! 그리 하시면 남은 제자들은 어찌 하란 말입니까? 저들에게 빛을 보여주셔야지요!"

유화 사태의 생각을 눈치챈 비구니들이 간곡히 그녀의 생각을 말렸다.

지금 이 상황에서 수장이 죽는다면 어떻게 될 것인가. 그리고 이 후에 재건은 누가 한단 말인가.

그녀들에게는 구심점이 필요했다.

유화 사태가 살포시 미소를 지으며 말했다.

"장문인은 새로 뽑으면 그만이지만 사라진 저들을 대신할 사람은 없단다. 본 파의 희망들을 이렇게 사라지게 할 수는 없지 않느냐. 한 번도 피어보지 못한 창창한 꽃봉오리인데 말이야."

"……."

유화 사태의 눈에 어린 결심이 엿보였다.

그것은 누가 말 한다고 해서 바뀌지 않을 게 분명했다. 지금의 암담한 상황 또한 그녀가 독한 결심을 하는데 큰 몫을 했을 게 분명했다.

주르륵.

비구니들의 눈에서 눈물이 흘러내렸다.

그녀들도 알고 있었다. 이대로라면 살아날 희망이 없다는 것을 말이다.

그 점이 너무 가슴 아팠다.

"장문인…… 흑흑!"

"울지 말거라. 어차피 난 회복이 불가능할 것 같구나."

가슴이 움푹 들어가서 숨쉬기도 곤란했다. 치료를 한다고 해서 살아난다고 장담을 할 수 없는 상황이었다.

유화 사태는 웃는 얼굴로 제자들과 이별을 고했다.

"모든 걸 망가뜨린 내가 너희를 위해 할 수 있는 마지막 배려야. 지금 너희가 가지는 그 죄책감을 본 파가 다시 무림에 우뚝 서는데 보태도록 하거라. 난 그것이면 된단다."

그녀는 천천히 발걸음을 옮겼다.

그것을 본 비구니 중엔 주저앉아 통곡을 하는 사람들도 있었다. 마치 자신들이 유화 사태를 죽음의 수렁으로 밀어 넣은 것 같았기 때문이다.

하나 지금 이 순간에도 죽어가는 제자들을 생각하면 말릴 수도 없었다.

유화 사태가 말했듯 늙은 자신들보단 그들이 더 밝게 피어나야 아미파가 다시 살아날 것이 아닌가.

비구니들의 마음은 마치 바위를 얹은 듯 무겁기 그지없었다.

쾅쾅쾅!

"허억! 허억!"

주진평은 숨이 턱까지 차올랐다. 몸도 한계를 향해 치닫고 있었다.

그래도 두 주먹을 멈출 수가 없었다.

아직 상대도 두 발을 땅에 딛고 서 있지 않은가.

그는 다시 한번 두 주먹을 불끈 쥐며 앞으로 나가려 했다.

바로 그 순간 그의 귀로 들어오는 전음이 있었다.

[모든 책임은 내가 질 테니, 부디 우리 아이들에게는 피해가 없었으면 좋겠어요]

'유화 사태?'

그는 단번에 전음의 주인이 누군지 알 수 있었다.

전음에서 전해지는 분위기만 보아도 뭔가 단단히 결심한 게 느껴졌다.

주진평의 눈이 자신도 모르게 뒤쪽으로 향했다.

그 찰나,

쾨콰쾨쾅! 쾨쾅!

엄청난 굉음과 함께 먼지구름이 피어올랐다.

마치 화탄 십수 개가 한 번에 터진 듯했다.

"뭐, 뭐야?"

"도대체 어떻게 하면 이런 소리가 나?"

모든 사람들이 화들짝 놀라 주변을 돌아보았다.

전장의 한 곳이 함몰되어 있었다.

그곳은 복면인들이 가장 많이 몰려 있던 장소였다.

하지만 지금은 살아 있는 생명이라곤 아무것도 없었다.

많은 수의 복면인이 죽어버렸다.

아미파의 장문인 유화 사태의 희생으로 말이다.

그녀 역시도 혈천교의 환약을 받으며 자폭할 수 있음을 들었던 것 같았다.

"……!"

복면인들이 일순 당황했다.

자신들이 아미파나 악산산채의 사람들보다 강하다곤 하지만 이제는 수가 압도적으로 부족했다.

이 상황을 어떻게 처리해야 할지 몰랐다.

그때, 그들의 귀로 들리는 전음이 있었다.

[임무를 완수하라.]

복면인들의 눈이 살짝 흔들렸다.

이 전음을 보낸 사람이 누군지 아는 것이다. 그리고 거기에 담긴 뜻도.

그들은 이내 입술을 질끈 깨물었다.

자신들은 시키면 시키는 대로 해야 했다. 모두 후일 빛날 혈천교의 영광을 위해.

복면인들이 품에서 꺼낸 환약을 입에 넣으며 악산산채와 아미파 사람들이 있는 곳의 중심으로 뛰어 들었다.

"……! 이, 이 자식 어디로 간 거야?"

주진평은 무언가를 찾으려고 주변을 두리번거렸다.

유화 사태의 자폭으로 인해 잠시 한 눈을 판 사이에 곡운성이 사라지고 없었다.

"이 개 같은 놈이!"

오늘은 정말 끝장을 보려고 했었다.

풍소우의 복수와 청수의가의 위기를 한 번에 청산하려 했던 것이다.

한데 금방이라도 죽일 수 있다며 큰 소리 치던 상대는 사라지고 없었다.

어디로 갔는지 기척도 느껴지지 않았다.

낭패였다.

그는 망연자실할 수밖에 없었다.

하나 정신을 빼놓고만 있을 수는 없게 되었다.

"주, 주군!"

장청일의 다급한 음성이 들렸다.

웬만하면 이러질 않는 사람이다 보니 주진평도 얼른 고개를 돌렸다.

그러자 그의 눈에도 보였다.

눈에 굳은 결심이 어린 채 아미파와 악산산채 사람들이 많이 모여 있는 곳으로 한데 뭉쳐 뛰어드는 복면인들이 말이다.

"안 돼!"

주진평은 경악해 비명 섞인 외침을 질렀다.

저들이 무슨 짓을 하려는지 한 눈에 알아본 것이다.

갑자기 아이들을 부탁한다던 유화 사태의 목소리가 들리는 것 같았다.

그는 황급히 경공을 펼쳐 하늘을 날았다.

'시, 시간이 없다. 저들은 눈치도 못 채고 있어.'

유화 사태의 일로 충격을 받은 얼굴을 하고 있는 사람들, 그들은 지금 허공을 날아 달려드는 복면인들의 위험성을 인지하지 못하고 있는 것 같았다.

이대로 가면 대참사가 일어날 것은 보지 않아도 뻔했다.

별안간 주진평이 왼손에 있는 빙한의 기운들을 오른쪽으로 모았다.

두 기운이 충돌하며 팔이 터질 듯 부풀어 올랐다.

그는 지금 정신이 없었다.

해서 자신이 무엇을 하는지도 알지 못했다.

웅웅웅!

오른손은 금방이라도 떨어질 듯 진동했다.

"으윽!"

주진평은 자신도 모르게 신음을 뱉었다. 그만큼 오른팔에서 이는 고통은 말로 형용할 수가 없었다.

더 이상은 참기 힘들었다.

"하압!"

그는 기합과 함께 오른팔을 힘차게 앞으로 내뻗었다.

투웅!

마치 활시위가 퉁겨지는 소리가 났다.

하지만 주진평의 오른 주먹에서 나온 기운은 화살과는 비교도 되지 않는 속도로 허공을 꿰뚫었다.

눈으로는 쫓을 수조차 없는 속도였다.

그것은 정확히 가장 가까운 복면인을 향하고 있었다.

퍼억!

"……!"

무언가가 터져나갔다.

사람들은 놀란 눈으로 허공을 보았다.

복면인의 상체가 없었다.

예리한 칼로 잘린 듯 단면도 깔끔했다.

복면인은 자폭을 해보지도 못하고 목숨을 잃은 뒤였다.

주진평이 벼락과 같이 쏘아 보낸 열화의 기운은 그것으로 멈추지 않았다.

퍼억! 퍼억! 퍼억!

적들의 몸을 연속으로 꿰뚫고 있었다.

"와……."

장청일을 비롯한 주진평의 일행들도 놀란 표정을 감추지 못했다.

저런 초식이 있는지도 몰랐었다.

기운이 얼마나 강력하면 환약이 지닌 폭발 능력 또한 집어삼키겠는가.

정작 기운을 날린 주진평도 놀라고 있었으니 그 위력은 상상 밖이었다.

하나 그렇다고 복면인 전원을 처리한 것은 아니었다.

콰앙! 콰앙!

주진평이 처리하지 못한 몇몇 복면인이 아미파와 악산산채의 사람들이 있는 곳에서 폭발을 일으켰다.

"크아악! 사, 살려줘!"

"내, 내 다리가……."

그곳은 아비규환이 따로 없었다.

목숨을 잃은 자, 신체의 일부분을 잃고 비명을 지르는 자.

잠시 안도의 한숨을 쉬던 사람들이 화들짝 놀라 얼른 그곳으로 달려갔다.

그리고 그 참상을 눈으로 확인했다.

주진평의 동공이 흔들리고 있었다.

"이런 빌어먹을……."

주로 당한 사람은 아직 무공 능력이 성숙치 못한 젊은 사람들이었다.

그것이 그의 마음을 더 아프게 만들었다.

결국 유화 사태의 부탁을 제대로 들어주지 못한 것이 아닌가.

죽은 사람들보다 더 많은 사람들을 살렸으나 죄책감이 드는 건 어쩔 수 없었다.

주진평의 주먹이 불끈 쥐어졌다.

몸은 덜덜 떨리고 있었다.

그는 분노하고 있었다. 화가 나서 참을 수가 없었다.

"이, 이 새끼들이!"

예전부터 느꼈지만 하는 행동을 보면 너무 지독했다.

자신들의 목적을 위해서라면 수단과 방법을 가리지 않았다.

지금 눈앞에 드러난 참상도 지금까지와 같았다.

더군다나 이번의 경우엔 주진평이 아미파와 악산산채의 사람들을 이곳으로 모으지 않았던가.

그 때문에 피해가 더 커진 점도 있었으니 그로서는 참담한 마음을 금할 길이 없었다.

"사매, 눈 좀 떠봐. 흑흑!"

"종길아, 정신 좀 차려 보거라!"

아미파와 악산산채의 사람들은 죽은 자신의 사형제와 동료의 시신을 붙잡고 오열했다.

싸우다 죽은 것보다 더 처참했다. 시신의 형체를 제대로 확인 할 수가 없었다.

그것이 사람들의 마음을 더욱 무겁게 만들었다. 그리고 분노케 만들었다.

"복수하겠다. 언제가 되던."

"사매, 내가 복수는 반드시 할게. 그러니 편히 눈 감아."

그들은 복수를 다짐했다.

혈천교는 두 문파의 존망을 흔들어 놓았다. 또한 수장들을 뒤흔든 것으로도 모자라 희망이라 할 수 있는 젊은 사람들을 고혼으로 만들어 버렸다.

문파의 모든 것을 사랑한 사람이라면 그냥 넘어갈 수 없는 일이었다.

그들은 언제가 되었건 자신의 문파를 이토록 가지고 논 대가를 치르게 할 생각이었다.

아미파와 악산산채 사람들은 피눈물을 머금으며 동료들을 수습했다.

*　　　*　　　*

"이제 어떻게 하실 생각이십니까?"

장청일이 물어도 주진평은 여전히 고개를 숙인 채 아무런 말도 하지 않았다.

고작 하루 전에 큰일을 겪었다.

지금까지는 죽어도 될 만한 놈들이 죽었다.

하지만 이번에는 아무런 죄 없는 자들이었다.

아미파나 악산산채는 특별히 악행을 행한 것도 아니고. 그저 수장들의 잘못으로 혈천교에게 놀아나 이런 피해를 입었다.

머릿속에 쉽사리 잊혀 지지가 않았다.

"주군의 잘못으로 이렇게 된 것이 아닙니다. 그러니 지금은 생각을 털어버리시고 움직이셔야 합니다. 본가에 어떤 일이 벌어질지 알 수가 없는 일 아니겠습니까.”

주진평이 숙이고 있던 고개를 들었다.

장청일의 말이 옳았다. 이곳의 일을 수습하는 것도 좋지만 지금은 청수의가로 돌아가야 했다.

가족들이 어떤 나쁜 짓을 당할 지 알 수가 없지 않은가.

“그래, 움직여야지. 한데 그렇다고 지금 하던 일을 그냥 놔둘 수도 없다.”

“그럼 어쩌실 생각이십니까?”

주진평이 턱을 쓰다듬었다.

이번 일을 겪지 않았다면 혈천교 따위 신경 쓰지 않고 바로 청수의가로 향했을 지도 모른다.

그만큼 가족들은 그에게 중요했다.

하지만 이번 일을 겪고 보니 그냥 무시하고 넘어갈 수가 없는 문제였다.

혈천교의 주구, 그 한 명의 문제라면 신경도 쓰지 않겠지만 그로 인해 수많은 사람이 다칠 수 있다는 생각이 들었다.

괜한 사람이 상처를 받고 그것은 한 가족이나, 한 단체의 와해까지 불러 올 수 있는 일로 커질 수 있었다.

어머니의 일만 생각해봐도 그리 될 공산이 컸다.

자신이 직접 겪고 있는 문제가 아니던가.

주진평은 더 이상 저들 마음대로 날뛰게 하는 게 싫었다.

그들의 행보를 막아야 더욱 빨리 실체를 발견할 수 있을 테고 그것은 어머니를 찾게 되는 일과도 무관하지 않았다.

"지금 이곳엔 성야맹의 사람인 청일과 패왕성의 사람인 인혼이 있다. 내 권한을 너희 둘에게 위임해 지금까지 하던 일을 계속 하면 좋겠다."

"네? 그 말씀은……."

"그래. 본가에는 나와 유 소저만 가면 된다. 다른 사람들은 여전히 움직여 이 일을 마무리 하자."

"말도 안 됩니다!"

추인혼이 펄쩍 뛰었다.

그는 거짓이나 웃자고 말하는 게 아니었다. 진심이었다.

"생각해보십시오. 지금 이 일행 가지고도 어제 같은 위기를 겪었습니다. 그런데 그 중 가장 강한 사람이 빠지는데 일이 제대로 진행이 되겠습니까? 이런 위기를 또 겪는다면 우린 전멸입니다! 설마 그걸 원하시는 건 아니겠지요?"

"말이 과하다."

주진평의 눈이 무겁게 가라앉았다.

그는 진정으로 화를 내고 있었다.

설마하니 자신이 동고동락하며 지내온 동료의 죽음을 원할까.

"네 마음을 이해 못하는 바는 아니나 추호도 그런 위험을 감수하게 만들 생각은 없다. 난 단지 다른 방법을 쓰자는 말을 하려고 했다."

"다른 방법이요? 대체 어떤 방법을 말하는 겁니까?"

추인혼은 여전히 흥분한 상태였다.

목숨이 걸려 있는 일이었다. 그냥 알겠습니다, 대답하고 넘어갈 수는 없는 일이었다.

그에 참지 못한 장청일이 나섰다.

"지금 대화를 하자는 것이오, 아니면 싸우자는 말이오? 주군께서 하는 말을 끝까지 듣고 나서 말을 해도 늦지 않을 것이오!"

그가 아는 주진평은 자신의 사람을 아끼는 사람이었다.

그것을 지금 추인혼에게 설명할 수는 없으나 이렇게 따지듯 이야기하면 시간만 소비하는 짓이었다.

바로 방법을 듣는 것이 이야기가 빨랐다.

답답한 마음에 한숨을 크게 내쉰 주진평은 장청일과 추인혼을 번갈아 가며 바라보았다.

"지금까진 적들의 허점을 살피고 최대한 크게 피해를 입히기 위해 몰래 조사를 했었다. 하지만 지금부턴 아니다. 최대한 적들이 자신을 찾고 있다는 것을 알게 만든다."

"주군, 그렇게 되면 더 깊이 숨지 않겠습니까? 아예 드러나지 않을 수도 있습니다."

"어차피 그런 자들은 중요 인물들이 아니라는 게 내 결론이다. 이번 일만 봐도 알 수 있지 않았느냐? 바로 짐 취급하며 버리는 걸 말이다."

유화 사태와 영호환의 일만 봐도 알 수 있었다.

그들이 그 단체에서 본다면 큰 역할을 맡고 있으나 밖으로는 그다지 비중이 없었다. 또한 혈천교에 대한 정보는 일절 가르쳐주지 않고 있었다.

적들도 중하게 생각하지 않고 있다는 증거였다.

이럴 바엔 아예 그런 자들이 활동을 못하게 하는 것이 좋다는 게 주진평의 결론이었다.

그들은 굳이 들키기 싫으니 분탕질을 멈출 것이고 혈천교에서는 내공심법을 찾기 위해서 더욱 애가 탈 게 분명했다.

그럼 결국 혈천교가 밖으로 드러나는 수밖에 없을 것이다.

주진평은 이 점을 염두에 두고 있는 것이었다.

그의 이야기를 모두 들은 추인혼은 아직도 불안한 점이 있어 보였다.

"우리가 드러나게 저들을 찾는다면 저쪽에서 저희만 죽이려하지 않겠습니까? 그럼 간단한 일이 되지 않습니까. 오히려 더 위험할 수도 있는 노릇입니다."

주진평은 바로 고개를 저었다.

"그 점은 걱정하지 않아도 돼. 이제부턴 우리끼리가 아니라 각 지역에 있는 성야맹과 패왕성, 두 곳 모두의 문파에 도움을 요청해 움직일 거니까. 지금까지는 우리가 쓸데없이 정보를 아꼈지만 이젠 아니다. 알고 있는 정보를 모두가 있는 자리에서 푼다. 그럼 그들도 생각이 있을 터, 몇몇의 준동으

로는 그런 짓을 하지 못할 것이다. 그리고 두 세력의 지부에
도 연락을 취해 신변 보호를 요청한다. 이 정도면 죽을까 걱
정은 하지 않아도 될 거야.”

주진평의 말에 일행들은 고개를 끄덕일 수밖에 없었다.

이 정도면 상당히 철저한 계산이었다.

지금까지 보면 혈천교는 많은 사람에게 수작을 걸지는 못
했다. 특히 대문파라면 더더욱 그랬다.

큰 문파일수록 파벌이 있고, 생각이 깨어 있는 사람들이 많
았다. 그들 모두가 바보가 아닌 이상에야 파국으로 치닫는 경
우는 없다고 봐도 무방했다.

추인혼도 이제야 고개를 끄덕였다.

적어도 이 정도면 쓸쓸히 어두운 구석에서 죽을 일은 없겠
다는 생각이 든 것이다.

주진평은 이번엔 백수연과 백장진을 바라보았다.

“수연이와 백 문주님께는 죄송하지만 이들과 함께 해주십
시오. 이번 여정은 최대한 빨리 다녀올 생각이라 동행하기 어
려울 것 같습니다. 그렇다고 다른 곳에 가 계시란 말을 드리
기도 무섭습니다. 적들이 혹 나쁜 마음을 먹을 수도 있는 게
아니겠습니까.”

인질이 될 가능성이 컸다.

지금껏 같이 다녔다면 이 두 사람을 생각하는 다른 일행들
의 마음도 알 것이 아닌가.

미리 걱정하는 것일 수도 있지만 불안 요소는 미리 차단하는 게 좋았다.

백수연과 백장진은 흔쾌히 고개를 끄덕였다.

오히려 그들은 미안해했다. 지금 일을 진행하는데 있어 전혀 도움이 못 되고 있지 않은가.

그들로서는 이들에게 최대한 피해를 주지 않는 게 서로를 위한 일이었다.

"그럼 모두가 동의한 것으로 생각하고 상세 계획을 짜겠습니다."

주진평과 일행들은 머리를 맞대고 앞으로의 일정에 대해 이야기를 나눴다.

그렇게 밤을 새다시피 하고 다음날, 주진평과 유옥령은 청수의가가 있는 산서 삭주로 발걸음을 옮겼다.

'미안하구나. 고생을 시켜서.'

주진평은 경공을 펼치면서도 수시로 고개를 뒤로 돌렸다.

솔직히 남은 일행도, 떠나는 주진평도 편한 마음이 아니었다.

지금은 할 수 있는 최선을 다할 뿐이었다.

주진평은 너무 피곤했지만 위험에 처했을지 모르는 가족들을 생각하며 발에 힘을 주었다.

'아버지 조금만 기다리십시오. 제가 갑니다!'

第三章
가족에게로 가는 길

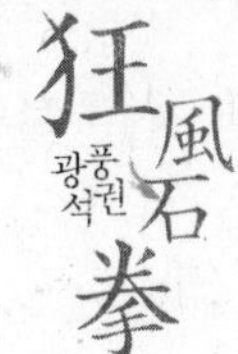

"조, 조금만. 조금만 쉬었다가요. 더 이상은 못 가겠어요."

유옥령은 숨이 턱까지 차서 말도 겨우 했다.

하지만 막상 이 말을 들어야 할 주진평의 귀에는 들리지 않는 것 같았다.

그는 계속 정신없이 달리고 있었다.

유옥령은 자신도 모르게 인상을 찌푸렸다.

벌써 며칠째 이러는지 모르겠다. 쉬어갈 때도 자신이 간곡히 말해서 그렇지 그게 아니라면 청수의가까지 한 달음에 뛰어갈 기세였다.

후웁!

“주 공자!”

“어, 어?”

유옥령이 내공을 실어 외치고 나서야 주진평이 발걸음을 멈추었다.

“왜 그래? 또 쉬어야 해?”

주진평으로서는 그 나름대로 답답한 것 같았다.

혼자 간다면 더 빨리 갈 수 있지만 유옥령으로 인해서 속도가 느려지고 있었다.

태원에 있는 청의문의 일이 어떻게 될지 몰라 그녀를 데리고 가는 것이었다.

하지만 이렇게 일정에 차질을 준다면 괜히 같이 왔다는 생각이 들 정도였다.

청의문의 일도 중요하지만 청수의가가 그보다 훨씬 우선이니 말이다.

“벌써 며칠째인지 몰라요. 저도 나름 최선을 다하고 있지만 지치는 건 어쩔 수 없잖아요. 이럴 바엔 주 공자가 먼저 가시는 게 어떨까요? 전 조금 뒤쳐져서 따라 갈게요.”

“으음.”

주진평은 잠시 고민에 잠겼다.

듣고 보면 그녀의 말이 옳았다. 별일만 없다면 자신이 먼저 가도 문제가 없었다.

하지만 한 가지, 혹시 유옥령 그녀에게 무슨 일이 생길까봐 걱정이 되기도 했다.

아직 혈천교에서 그녀에게 관심을 끊었다고 보기 힘들었다. 더군다나 혈천교에서도 분명 자신이 청수의가로 향할 것이라고 생각하고 있을 것이다.

그렇다면 대기하고 있는 적들이 없을 리 없었다.

그들의 입장에서는 두 사람 중 한 사람만 붙잡더라도 괜찮은 작전이라 여기고 악착같이 달라붙을 게 분명했다.

그 점을 생각해보면 유옥령을 혼자 두는 것은 위험할 수도 있었다.

적어도 그녀는 아직 혈천교의 일을 처리하는데 필요한 사람이었다. 청의문에서 진행되는 이야기는 그녀를 통해서만 알 수 있었다.

유옥령도 주진평이 무엇을 걱정하는지 알 수 있었다.

"전 뱃길로 가겠어요. 그들도 그쪽까지 지키진 못할 거예요. 그럼 어느 정도 안심해도 되지 않을까요?"

지류가 복잡하여 한 번에 삭주로 향하는 뱃길은 없었다. 여러 번 갈아타야 한다는 말이었다. 안전할지는 몰라도 훨씬 시간이 많이 걸릴 수도 있었다.

마음이 급한 주진평으로서는 같이 동행하기 힘들었다. 하나 유옥령에겐 더 좋은 방법이 될 수 있었다.

힘이 들지도 않고 적들의 눈을 최대한 따돌릴 수도 있으니 어찌 보면 최선의 방법이었다.

“일단 선착장으로 가지.”

두 사람은 근처에 있는 섬서 안강(安康)으로 향했다.

“내 말대로 해야 해, 한순간도 방심하면 안 되고. 알겠어? 내게 목숨을 지켜달라고 했던 사람은 당신이야. 그 목숨 나 없는데서 마음대로 잃으면 당신만 억울하지 않겠어?”

“아, 알겠다고요! 도대체 몇 번이나 말하는 거예요?”

유옥령은 얼굴을 붉혔다.

자신이 세 살배기 어린 아이도 아니지 않은가. 주진평의 걱정이 너무 지나친 것 같았다.

스스로도 아직 위험이 도사리고 있음을 알고 있었다.

그래서 충분히 조심할 생각이었다.

주진평의 일행들과 함께 움직이며 그녀 역시도 무공이 더 강해졌다.

덤비는 적에 대한 방비도 어느 정도 자신이 있었다. 원래부터 그녀는 무공 실력이 그리 낮은 편이 아니었다.

‘그런 내가 당신들과 같이 다니며 더 강해졌다고요. 그 환경에서 강해지지 않을 수가 없었으니까. 주변을 보는 눈썰미도 좋아졌다고 자부할 수 있어요. 그래서 자신 있게 혼자 갈 수 있다고 말하는 거고.’

주진평을 비롯해 장청일과 청하는 무공에 대한 노력이 보통이 아니었다.

웬만하면 게으름을 피우려는 추인혼도 그들 때문에 어쩔 수 없이 무공 수련을 하지 않았던가.

그것은 백수연과 백장진, 그리고 유옥령 자신도 다르지 않았다.

서로 수련을 도와주고 조언을 해주니 강해지지 않을 수 없는 환경이었다.

유옥령은 비록 한 팔 밖에 남아 있지 않지만 전보다 더 강한 검술을 펼칠 수 있게 되었다.

'눈을 보니 어느 정도 자신이 있나보군.'

주진평은 유옥령의 눈을 보며 고개를 끄덕였다.

요즘 들어 강자나 대규모로 전투를 많이 벌여서 그렇지 유옥령이 약한 편은 아니었다.

엄청난 강자만 만나지 않는다면 자신 목숨 하나는 건사 할 수 있을 거란 생각이 들었다.

"그럼 먼저 출발해."

주진평은 유옥령이 탈 배의 안을 한번 둘러본 후 작별인사를 했다.

요즘 들어 그는 혈천교의 사람들을 웬만하면 알아 볼 수 있었다. 비록 느낌이나 기감에 치중하는 편이 많았으나 상당부분 들어맞는 편이었다.

그래서 그는 적어도 저 배에는 적이 없다는 것을 확신할 수 있었다.

촤악! 촤악!

그녀가 떠나고 주진평은 한동안 강을 거슬러 올라가는 배에서 눈을 떼지 못했다.

그러다 어느 순간 그의 모습은 눈 깜짝할 새에 사라지고 없었다.

타탓!

"여기서 흔적이 사라졌다. 뱃길을 이용한 건가?"

주진평이 사라진 선착장.

그곳에 일단의 무리들이 나타나 주변을 서성였다.

그들은 마치 사냥개라도 되는 듯 바닥을 훑고 다녔다.

그 중 수장으로 보이는 자가 뒤편을 향해 나직이 말했다.

"배편으로 이동했다고 상부에 보고해라."

"넵!"

"그리고 주변에서 배를 수배해라. 우리도 뒤를 따른다."

"……."

"왜 대답이 없나?"

여전히 바닥과 강 주변을 살피던 사람들 중 한 명이 고개를 들었다.

제일 막내가 대답을 해야 할 터인데 반응이 없지 않은가.

"이 자식아, 조장님께서 하시는 말 안 들……! 헉!"

"왜 그래?"

생각지 못한 기겁성에 모두가 고개를 들어 뒤를 돌아보았다. 그리고 그들은 그대로 굳어 버렸다.

숨조차 쉬는 자가 없었다.

생각지도 못한 사람이 뒤편에 서 있었기 때문이다.

"역시 뒤를 쫓는 놈들이 있었네? 네놈들의 용기를 칭찬해 줘야겠지?"

"네, 네놈이 어찌!"

그곳엔 주진평이 서 있었다.

그들로서는 주진평이 배를 타고 떠났다고 생각했기에 더욱 충격이 컸다.

열심히 대답을 하던 막내는 벌써 그의 손에 들려 목이 꺾인 상태였다. 보고도 하지 못한 채였다.

주진평은 적들을 바라보며 비릿한 미소를 지었다.

"그런데 이거 미안해서 어쩌지. 칭찬을 못해줄 것 같아서 말이야. 내가 지금 몹시 기분이 좋지 않거든."

주진평이 열화지석을 손에 들었다. 그것은 곧바로 아지랑이를 피워 올리며 열기를 뿜어댔다.

"내 뒤를 쫓는 놈은 어떻게 되는지 보여주지."

주진평은 곧바로 움직여 주먹을 휘둘렀다.

채앵! 채앵!

혈천교의 사람들도 얼른 무기를 꺼내 대항했지만 그들의 무력은 높지 않았다.

　원래는 멀찍이서 주진평의 경로만 살피려던 사람들이었다.

　그들은 따라온 그 자체가 큰 실수라는 것을 목숨을 잃고서야 깨닫게 되었다.

　털썩!

　주진평은 마지막으로 살아 있던 적을 바닥에 내려놓았다.

　살아 있는 사람은 아무도 없었다. 모두 다 숨이 끊어져 있었다.

　주진평은 차가운 눈으로 그들을 내려다보았다.

　그것도 잠시 그는 이내 몸을 돌려 경공을 펼치기 시작했다.

　발자취를 확실히 남기며 이동하고 있었다.

　그는 최대한 혈천교의 이목을 자신에게 집중시키려 노력하고 있는 중이었다.

*　　*　　*

　"헉헉헉!"

　주진평은 산서 태원 옆을 지나가고 있었다.

　그의 숨은 턱까지 차올랐다.

　이젠 그도 체력에 한계가 오고 있었다.

　열화지석과 빙한지석의 힘을 제대로 사용할 수 있게 되고부터 내공이 모자란다는 느낌은 거의 들지 않았다.

문제는 혈맥과 체력이었다.

지금도 그랬다. 다른 것보다 몸이 말을 듣지 않았다.

경공만 펼쳤다면 이런 일은 벌어지지 않았을 것이다.

모두 수시로 덤벼드는 혈천교의 무인들 때문이었다.

적들은 산서, 그것도 태원이 가까워질수록 빈번하게 덤벼들었다. 그리고 태원을 막 지나치는 지금 그 수가 절정에 달했다.

마치 천라지망처럼 엄청난 수의 적들이 촘촘하게 배치되어 있었다.

주진평은 그물 안에 들어온 물고기 마냥 고립되어 무수한 공격을 받고 있었다.

파앗!

갑자기 귀로 파공음이 들렸다.

주진평은 주저하지 않고 바닥을 박찼다.

퍼퍽!

땅거죽이 터져나갔다. 그곳엔 팔뚝만한 창이 박혀 있었다.

주진평은 그쪽으로 시선을 주지 않았다.

그보다 이것을 던진, 자신을 공격한 적에게로 경공을 펼쳤다.

퍼억!

"크아아악!"

비명이 숲속에 울려 퍼졌다.

주진펑은 쉴 새 없이 주먹을 휘두르고 있었다.

적들의 무위는 강하지 않았다.

열화지석에 걸리는 족족 죽어나가고 있었다.

하나 적들은 공격을 멈추지 않았다.

그제야 주진펑은 이상함을 느꼈다.

'이상하다. 이놈들은 날 죽이려는 게 아니야. 그저 발목을 붙잡기 위해 덤비고 있는 거 같아.'

어느 순간부터 그 생각이 강하게 들었다.

무위가 약한 적들만 나타나는 것만 봐도 수상했다. 누가 봐도 무리인데 이토록 죽기 살기로 덤빈다는 것은 뭔가 노림수가 있다는 말이었다.

이 점을 미리 눈치챘어야 했다.

"비켜!"

그 때부터 주진펑은 적들을 상대하기 보단 앞으로 나아가는데 더욱 신경을 썼다.

이런 잔챙이들에게 신경을 쓸 때가 아니었다.

최대한 빨리 청수의가가 있는 삭주로 가야 했다. 아무래도 무슨 일이 벌어진 느낌이었다.

하지만 혈천교는 그것을 원하지 않는 것 같았다.

쐐애액!

파공음이 심상치 않았다.

날아오는 속도 또한 그랬다.

“……!”

주진평은 얼른 열화의 기운을 일으켰다.

피하긴 늦었다. 이것은 힘으로 맞부딪쳐야 했다.

콰아앙!

“큭!”

주진평의 몸이 뒤로 한 발 물러났다.

적의 공격이 생각보다 더 강력했다.

“허허허! 듣던 대로 대단하구나. 내 일격을 힘으로 막아내다니.”

주진평이 소리가 난 곳으로 고개를 돌렸다.

그곳에는 흰 수염을 휘날리며 서 있는 한 노인이 보였다.

‘으음……’

자신도 모르게 침음성이 흘러나왔다.

몸에서 자연스레 드러나는 기도만 느껴보아도 고수라는 걸 알아볼 수 있었다.

참으로 난처하게 되었다. 지금은 체력이 밑바닥 상황이었으니 말이다.

무려 칠 주야가 넘는 시간 동안 거의 쉬지 않다 시피 하고 달렸다. 적들의 공격 또한 끊임없이 받았다.

주진평으로서는 지금 거의 한계에 부딪혀 있었다.

이런 상황에 고수를 만났으니 참으로 답답할 수밖에 없었다.

노인은 그런 주진평의 상황은 상관이 없는지 웃는 얼굴로 입을 열었다.

"그래, 네가 주진평이라는 아이가 맞느냐?"

"빤히 알면서 뭘 묻지? 하긴 나이를 보아하니 치매가 있을 수도 있겠군?"

"허허허! 말이 많은 걸 보니 많이 지친 것 같구나. 좀 쉬겠느냐?"

노인의 말에 주진평은 입술을 질끈 씹었다.

'혹 저놈들은 이 자가 이곳에 올 시간을 벌고 있었던 건가? 어찌 되었든 큰일이군. 한시라도 빨리 의가로 가 보아야 할 터인데.'

주진평의 속이 바짝바짝 타들어갔다.

이 노인이 옴으로 해서 혈천교는 두 마리의 토끼를 한꺼번에 잡았다.

잘하면 이토록 지친 주진평을 죽일 수 있었다. 그리고 적어도 그가 청수의가에 가까이 가는 것을 조금이라도 더 지연시킬 수가 있었다.

노인으로서는 급할 것이 없었다.

'이러는 이유는 모르겠지만 너희 뜻대로 되게 놔둘 것 같으냐?'

주진평의 눈빛이 변했다.

타탓!

그는 바닥을 박차며 말했다.

"미안하지만 쉬고 싶은 마음 따윈 없으니 바로 시작하지. 설마 여기서 노인 대우를 바라는 건 아니겠지?"

주진평은 지쳤지만 쉴 생각 따윈 없었다.

어떻게 해서든 집으로 가야 했다. 무슨 일을 벌여놨는지 보아야 했다.

비록 의가에 도착해 쓰러지는 한이 있더라도 어찌 된 상황인지를 두 눈에 담고 싶었다.

그래서 주진평은 이 난관을 벗어나기 위해 선제공격을 펼쳤다.

그것을 본 노인의 얼굴에 미소가 어렸다.

"그래, 자네라면 그럴 줄 알았지. 그럼 나도 미리 말하지. 내가 봐줄 거란 생각은 하지 말게나. 허허허!"

탓!

그는 바닥을 박찼다. 그리고 주진평을 마주보며 뛰어갔다.

치잉!

노인의 손에 들린 검에서 검기가 길게 뿜어져 나왔다.

주진평도 열화의 기운을 일으켰다. 한데 체력이 약해져서일까 흘러나오는 기운이 생각보다 옅었다.

눈살이 절로 찌푸려졌다.

기대치에 미치지 못했다. 이대로는 눈앞의 상대를 이길 수 있다는 장담을 하지 못할 것 같았다.

'하지만 간다!'

주저할 때가 아니었다.

결과를 생각하고 움직일 만큼 그에게는 마음의 여유가 없었다.

"흡!"

주진평은 기합을 넣으며 강하게 주먹을 휘둘렀다.

콰앙!

피가 튀었다.

주진평의 주먹에서 피가 흐르고 있었다. 하지만 그는 멈추지 않고 계속 주먹을 휘둘렀다.

콰앙! 콰앙!

몸은 계속 뒤로 밀려나고 얼굴은 땀으로 범벅이 되었다.

"허허! 참 불쌍해서 못 봐주겠군,"

노인은 안타깝다는 듯 탄식을 흘렸다. 하나 얼굴은 웃고 있었다.

그것은 놀림과 다르지 않았다.

주진평이 이를 악물었다.

원래 이런 몸 상태라면 두 기운을 충돌시키지 않는 게 좋았다.

팔이 덜덜 떨리고 있었다. 체력이 한계에 달하니 근육이 의지대로 따라주지 않고 있다는 말이었다.

잘못하면 팔을 영영 쓰지 못할 수도 있었다.

그러나 선택의 여지가 없었다.

그는 빙한의 기운을 일으켜 열화의 기운이 있는 쪽으로 이끌었다.

효과는 바로 나타났다.

콰앙!

"크흡!"

노인이 뒤로 주춤주춤 물러섰다. 그의 얼굴엔 놀란 기색이 역력했다.

설마 아직 이런 힘을 쓸 수 있을 것이라곤 생각을 못한 것 같았다.

그도 부하들의 보고로 주진평의 상태를 파악하고 이곳에 온 것이었다.

한데 아직도 이 정도의 힘을 사용할 수 있다니.

노인의 이마로 한 방울의 땀이 흘러내렸다.

그러나 그의 당황한 모습은 주진평에 비하면 조족지혈이었다.

덜덜덜!

오른팔이 마음대로 움직이지 않았다. 혈맥은 유난히도 도드라져 금방이라도 터질 듯 보였다.

주진평은 이번엔 열화의 기운을 인도해 왼손으로 보냈다.

그나마 왼손은 아직 사용할 만 했다. 이것은 만일을 대비해 쓰지 않았던 것이었다.

의가에 가면 어떤 일이 벌어져 있을지 모르는 일이 아닌가.

그는 힘들게 남겨 두었던 최후의 보루를 지금 사용하기로 마음먹은 것이었다.

콰앙!

“……!”

노인의 얼굴에 경악한 기미가 가득했다.

반발력이 상상을 초월했다. 하마터면 검을 놓칠 뻔했다.

그의 눈이 검봉으로 향했다.

검에 얼음이 끼어 있었다. 냉기는 팔목까지 밀고 들어왔다.

어깨까지 뻑뻑해지는 느낌이 들었다.

검이 자신의 마음대로 움직이지 않았다.

그것이 그를 위기로 몰고 가고 있었다.

주진평은 이번 기회가 마지막이라고 생각하는지 거침없이 밀어붙였다.

노인은 이런 무공을 사용하는 상대와 처음 만난 듯 보였다.

검을 들고 몸을 움직이랴, 어깨를 넘어 온몸으로 퍼지려는 차가운 기운을 막으랴 정신이 없는 것 같았다.

“큭!”

이대로는 안 된다는 것을 느낀 것일까.

노인은 손을 자신의 품 안으로 집어넣었다.

아마도 환약을 복용하기 위해 그러는 것이리라.

어디 당한 것이 한두 번이던가.

주진평은 그것을 가만히 보고 있을 바보가 아니었다.

쏴아아!

주변으로 엄청난 냉기가 퍼져나갔다.

주진평은 자신이 지금 사용 가능한 한계치까지 빙한의 기운을 끌어올렸다,

주먹 주위로 얼음이 끼고 있었다.

노인은 그것을 보곤 얼굴이 파랗게 변했다.

그 안에 들어 있는 엄청난 힘을 예견한 것이다.

눈앞에 있는 적에게 이 정도까지의 힘이 아직 남아 있을 것이라곤 꿈에도 상상을 못했다.

그는 급히 환약을 품에서 꺼내 자신의 입으로 밀어 넣었다.

그러나 주진평의 왼 주먹이 조금 빨랐다.

퍼억!

가죽 터지는 소리가 울려 퍼졌다.

"크아악!"

노인은 자신의 배를 움켜쥐고 뒤로 한참이나 물러났다.

그의 온몸은 덜덜 떨리고 있었다.

"허어!"

눈으로 자신의 복부를 보았다.

바람이 시원하게 통과할 정도로 큼직한 구멍이 만들어져 있었다.

“나보고 이런 놈을 막으라고 하다니. 참으로 어이가 없구나……”

분명 어렵지 않게 막을 수 있을 거라 말했었다.

체력이 거의 바닥까지 내려가 있다며 말이다. 한데 아니었다.

적어도 비장의 한수는 있었던 것이다.

이것을 상부에서 모르고 자신에게 명령을 내렸을 리 없었다. 그들은 나름 철저하게 계산을 하고 움직이는 자들이 아니던가. 한데도 눈앞의 상대를 이기지 못했다는 말은 결국 자신은 그저 쓰고 버리는 일회성에 불과했다는 말이었다.

“이럴 줄 알았으면…… 이들과 함께 하지 않았을 텐데……”

그는 진정 억울하다는 얼굴로 죽어갔다.

주진펑이 몰라서 그렇지 노인은 그저 그런 사람이 아니었다. 처음부터 혈천교에 몸담고 있던 사람도 아니었다.

상당히 이름 있는 문파의 문주로 무림에 이름 깨나 알려져 있는 고수였다.

그도 영호환이나 유화 사태와 다를 바 없이 문파를 살리겠다는 일념 하나로 혈천교에 투신한 자였다.

하지만 그의 열망과는 달리 이렇게 허망하게 죽고 말았다.

주진펑은 노인이 죽어가며 하는 말에서 그가 이곳까지 오게 된 상황을 유추할 수 있었다.

"참 당신도 불쌍한 사람이요."

이제는 묻지 않아도 보지 않아도 혈천교가 사람들을 어떻게 이용하는지 알 수 있을 것 같았다.

그것을 알기에 더더욱 그들이 용서가 되지 않았다.

저벅저벅.

주진평은 무거운 발걸음을 힘겹게 옮겼다.

이곳에 계속 있을 수가 없었다.

오른팔에서는 결국 견디지 못한 혈맥 몇 군데가 터져 피가 흐르고 있었다.

응급조치로 혈도를 눌러 지혈을 했다고는 하지만 원래의 상태대로 호전이 될지는 알 수가 없었다.

한없이 무거운 그의 몸처럼 그의 마음도 심연 깊숙이 가라앉았다.

아직 할 일이 많았기에 그럴 수밖에 없었다.

*   *   *

"아직도 그 일을 마무리 하지 못했다고?"

부하에게 보고를 받은 곡운성은 인상을 찌푸렸다.

자신이 사천을 출발해 이곳까지 오는데 걸린 시간이 상당했다.

한데 아직도 일이 진행 중이라고 했다.

화가 날 수밖에 없었다.

"지금 누가 나가 있느냐?"

"삼 장로님이 나가 계십니다."

"삼 장로가? 으음……."

곡운성은 잠시 고민하는 얼굴을 했다.

삼 장로는 일을 어설프게 처리하는 사람이 아니었다. 그가 맡았다면 믿을 만 했다.

굳이 자신이 갈 필요가 없었다.

"계속 지켜 보거라. 문제가 생기면 알려주고."

"알겠습니다."

"아, 그리고 만공향의 일은 어떻게 되었느냐? 마무리가 되었느냐?"

"금방 임무를 완수했다는 보고가 올라왔습니다."

"그래?"

곡운성의 얼굴에 미소가 그려졌다.

그가 심혈을 기울여 작업했던 것이 드디어 결실을 맺었다는 말이었다.

"이제 세상이 깜짝 놀라겠구나. 우리 혈천교의 이름이 천하에 일파만파로 퍼지겠어. 큭큭! 그래 고생이 많았다. 가보아라."

"네."

부하가 사라지고 혼자 남게 된 곡운성, 그는 만공향의 일로 혼자 웃음 짓다 이내 발걸음을 옮겼다.

그가 향하는 곳엔 나무가 무성한 산밖에 없었다.

길도 없는데 도대체 어디로 가는 것일까.

하지만 누구도 생각지 못한 길이 있는 것 같았다.

나무 사이로 걸어 들어갈 듯 보였던 그가 순식간에 그 자리에서 사라져 버리는 게 아닌가.

인기척조차 느껴지지 않았다.

그가 들어간 산은 태원에 위치한 작은 산이었다.

혈천교는 그곳에서 모종의 일을 꾸미고 있었다.

*　　*　　*

"헉헉헉!"

입에서 단내가 났다. 목은 말라가고 있었다.

너무 지친 나머지 침이 나오지도 않았다.

다행히 더 이상 적들의 공격은 없었다. 아마도 혈천교에서는 금방 상대한 노인의 실력을 믿고 있었던 것 같았다.

주진평은 엉망인 몸으로 뛰고 또 뛰었다.

그렇게 얼마나 움직였을까.

드디어 멀리 있는 불빛들이 하나 둘 눈에 들어오기 시작했다.

"드, 드디어 도착했구나."

이제부터는 함부로 들어갈 수 없었다.

무작정 들어가는 것은 위험하다는 판단이 섰다.

이곳에는 아까보다 더 많은 적들이 있을 것이다. 그리고 가족들의 현 상황이 어떻게 되어 있는지 알지 못했다.

여기서 무식하게 뚫으며 들어가 개죽음을 당하느니 조심스럽게 움직여 가족들 앞에 도착하는 것이 중요했다.

그리고 만약 가족들이 도움이 필요한 상황이라면 해결까지 할 수 있어야 했다.

주진평은 근처 냇가로 가 목을 축였다.

꿀꺽꿀꺽.

목줄기를 타고 흘러 들어가는 물이 너무도 시원했다. 이토록 단맛이 나는 물이 또 어디 있을까 싶었다.

"후우……."

그는 심호흡을 하며 자리에 앉았다.

일단 바닥까지 떨어진 체력을 조금이라도 보충해야 했다.

그렇지 않으면 적들에게 발각되는 순간 죽게 될 것이 뻔했다.

지금 그의 몸은 그 정도로 엉망이었다.

웅웅웅!

양손에 든 흡력석들이 진동을 하며 자신이 살아 있음을 드러냈다.

그리고 그들은 그 생명의 힘을 주진평에게 조금씩 불어넣었다.

뜨겁고 차가운 기운이 번갈아 움직이며 지친 혈맥들을 살려내고 있었다.

잠시 후 그가 눈을 떴을 때 얼굴에는 약간의 생기가 돌아와 있었다.

하나 그걸로 모든 체력을 보충한 것은 아니었다. 딱 움직일 수 있는 상태만 만들어 놓은 것이었다.

이 이상은 내공으로 어떻게 할 수가 없었다.

더 만전을 기한다면 약간의 수면이라도 취해 지친 정신을 맑게 하는 것도 아주 좋은 방법이었다.

하지만 그것까지는 차마 할 시간이 없었다,

최소한의 준비를 마친 지금은 이제 마을 안으로 들어가야 했다.

"후우우……."

주진평은 크게 숨을 쉬며 떨리는 마음을 진정시켰다. 몸도 간간이 흔들며 과하게 들어간 힘을 뺐다.

점차 모든 것이 차분하게 가라앉았다.

그것과 동시에 그의 몸에서 기척 또한 사라지고 있었다.

마음의 평정을 얻은 그 순간에서야 주진평은 움직일 수 있었다.

타탓!

그는 최대한 엄폐물이 많은 곳만 골라 움직였다.

적들의 눈에 띄지 않기 위해 최선을 다하고 있었다.

'……마을이 너무 조용하다.'

청수의가를 향해 가는 도중 주변을 살폈다.

분명 집안에 사람들이 있었다. 죽은 것도 아니었다.

한데 그들은 숨 쉬는 것조차 조심하고 있었다.

그 현상은 청수의가가 가까워질수록 더 심해지고 있었다.

주진평은 확실히 무슨 일이 생겼음을 느낄 수 있었다.

갑자기 귓가로는 병장기들끼리 부딪히는 소리까지 들려오고 있었던 것이다.

'아버지, 누나, 운휘야!'

마음이 급해진 주진평은 더 이상은 발걸음을 조심할 수 없었다.

그는 어느새 정신없이 달려가고 있었다.

얼른 두 눈으로 상황을 확인하고 싶었다.

멀리 청수의가가 보이기 시작했다. 한데 전체적인 정경이 들어오지 않았다.

의가의 주변을 붉은 옷을 입은 사람들이 가득 메우고 있지 않은가.

'혈천교?'

적어도 오십 명은 될 것 같았다.

한데 아직도 적들은 의가 안으로 들어가지 못하고 있었다.

청수의가에 무공을 익힌 사람은 없었다.

적을 막을 수 있는 사람이 없다는 말이었다. 그렇다면 지금 저들이 들어가지 못하는 이유는 무엇이란 말인가?

'설마 무영문?'

백장진과 백수연이 부하들로 하여금 청수의가의 안전을 지켜주겠노라고 주진펑에게 말한 적이 있었다.

그러나 그들이 나선 것이라면 벌써 예전에 상황이 종료되었어야 했다.

혈천교의 무사들은 무영문 무사들이 상대할 수 있을 만큼 호락호락한 사람들이 아니기 때문이다.

백장진과 백수연조차도 상대하기 힘들어 하는 적들이 아니던가.

머리를 굴려도 떠오르는 것이 없었다.

적들이 왜 저러고 있는지 알 수가 없었다.

그렇다 보니 마음은 더욱 불안해져서인지 주진펑은 모든 힘을 경공에 쏟아붓고 있었다.

점차 청수의가의 상황이 눈에 들어오고 있었다.

혈천교의 많은 무사들, 그들은 한 무리의 사람들과 싸우고 있었다.

청수의가 주변을 보호하고 있는 적의를 착용한 사람들. 남이 본다면 적과 아군을 구분하지도 못할 정도로 비슷한 의복을 입은 사람들이었다.

당연히 주진펑으로서도 처음 보는 의복이고 사람들이었다.

하지만 누가 적인지는 한 눈에 알 수 있었다.

일단 그는 자신의 앞을 막고 있는 혈천교의 사람들을 향해 주먹을 내지르고 보았다.

퍼어억!

전혀 예상하지 못한 방향에서의 공격일까.

혈천교 사람들은 잠시 당황하는 것 같았다.

하나 그것도 잠시,

"결국 막지를 못했나 보군. 쯧쯧! 이토록 귀찮게 해서야."

한 명의 노인이 몇몇 복면인들과 함께 등장했다. 그러자 혈천교 사람들의 동요가 빠른 속도로 잦아들었다.

"도와라."

등장한 노인은 곧바로 명령을 내렸다.

복면인들은 갈라져 청수의가 주변을 공격하러 갔고, 또 일부는 주진평을 향해 발걸음을 옮겼다.

주진평으로서는 참으로 난감했다.

일단 안으로 들어가서 가족들부터 확인하고 싶었다. 분위기를 보아하니 붉은 의복의 사람들이 막아주어서 큰 문제는 없을듯하나 정작 그들의 정체조차 모르기 때문에 눈으로 직접 확인을 해야 마음을 놓을 수 있을 것 같았다.

한데 이렇게 막고 서서 버티니 그럴 방법이 없었다.

더군다나 몸 상태도 좋지 않다보니 지금 이 상황이 더욱 달갑지 않았다.

그런데 어쩔 것인가.

비키라고 해보았자 비킬 기세가 아닌데 말이다.

주진평은 마지못해 왼손에 쥔 빙한지석과 동조를 일으켰다. 열화지석은 오른손의 혈맥이 너덜거려 더 이상 사용할 수가 없었다.

다가오는 적들의 복면위로 미소가 얼핏 떠올랐다.

주진평의 상태가 한 눈에 들어왔다.

이곳저곳 멀쩡한 곳이 하나도 없어 보일 정도였다.

그러면서도 싸우겠다고 안간 힘을 쓰고 있었다. 자신들을 상대로 말이다.

가소로웠다.

"죽이지는 말라는 지시다. 사로잡아라."

한 복면인의 말에 열 명 가량의 사람들이 일제히 주진평에게 달려들었다,

주진평은 자신에게 다가오는 적들을 보며 마른 침을 삼켰다.

第四章
날아든 비보

"길을 열어라."

혈천교의 삼 장로 종리순(鍾里順)이 부하들에게 명했다.

자신이 이곳에 온 이상 임무를 완수하지 못하는 일이 벌어져선 안 되었다.

그것은 지금껏 쌓아온 자부심을 한 번에 무너뜨리는 것과 다르지 않았다.

"으음, 도대체 어디서 온 놈들이지?"

검을 뽑아들고 쏜살같이 움직이는 부하들을 보며 종리순은 고개를 갸웃거렸다.

분명 처음 이곳에 왔을 때는 지금 눈앞에 보이는 붉은 옷의 적들이 없었다.

저런 자들이 이곳에 있다는 보고는 듣지도 못했다.

허면 갑자기 나타났다는 것인데 문제는 저들의 무공 수위였다.

'강하다. 어중이떠중이가 아니라 제대로 된 놈들이란 말인데.'

누가 이렇게 외진 도시에까지 이들을 보낸 것일까.

청수의가와 관련이 없는 자들은 아닐 것이다.

종리순은 고개를 절레절레 흔들었다.

'어차피 부수고 나면 모든 걸 알 수 있을 터, 쓸데없는 생각은 그때가서 하더라도 늦지 않다.'

그는 지금은 모든 걸 제쳐두고 앞의 적들을 처리하는 것에만 최선을 다하기로 마음을 먹었다.

탓!

종리순의 몸이 빛살과 같이 쭈욱 늘어났다.

"……!"

엄청난 고수가 자신에게 다가오는 것을 깨달은 무사는 두 눈을 부릅떴다.

도저히 자신이 막을 수 있는 속도와 움직임이 아니었다.

솔직히 눈앞에서 다가오는 자의 공격을 막아낼 자신이 없었다.

그는 자신의 죽음을 예견하고 두 눈을 질끈 감았다.

콰아앙!

쩌릿쩌릿한 기파가 주변으로 퍼져나갔다.

고막을 찢을 듯한 굉음 또한 들렸다.

"……?"

무사는 의아하다는 얼굴로 눈을 떴다.

적의 공격이 시작되었다면 당연히 고통을 느껴야 했고, 자신은 죽어야만 했다.

하지만 그렇지가 않았다.

앞머리가 바람에 흩날리고 있었다.

자신의 앞쪽에서 터져 나온 기파로 인해 그렇게 된 것이었다.

무사는 고개를 들어 자신의 앞을 막고 있는 사람을 보았다.

더없이 든든하고 넓은 등이 보였다.

"아……!"

명령만 내린다면 목숨도 버릴 각오로 따르고 있는 자신의 주군이 눈앞에 보였다.

"뒤로 물러서라."

조용히 들려오는 목소리에 무사는 황급히 고개를 숙이곤 뒤쪽으로 빠졌다.

"흠! 제법이군."

종리순은 의외라는 얼굴로 자신의 손을 바라보고 있었다.

아직도 격돌의 여력이 남아 있었다. 반탄력이 그만큼 강하다는 말, 즉 눈앞의 상대가 그만큼 고수라는 뜻이었다.

그는 날카로운 눈으로 적을 바라보며 말했다.

"누구냐?"

"남에게 물을 때는 자신의 이름부터 대는 것이 인지상정인 것을. 쯧! 혈천교라 불리는 네놈들은 그런 예도 모르는 무뢰배인가 보구나?"

종리순의 말에 붉은 옷을 입은 노인은 살짝 인상을 찌푸렸다.

그는 긴장한 기색이 전혀 없었다. 종리순과 손을 섞었다면 상대의 강함을 눈치챘을 텐데도 말이다.

"이놈아, 귓구멍 닦고 잘 들어라. 네놈을 황천으로 보내실 이 몸은 한광후(韓光厚)란 분이시다. 머릿속 깊숙이 잘 새겨 넣었느냐?"

"한광후?"

종리순은 고개를 잠시 갸웃거렸다.

자신이 알아둬야 할 사람 중에 이런 이름을 들은 적이 있는 것 같아서였다.

"아! 검존(劍尊)?"

"그래도 귓구멍은 제대로 열려 있나 보구나."

노인 한광후는 자신의 존재를 당당히 밝혔다.

패왕성을 지탱하는 큰 기둥 마검문. 그곳의 지배자이자 무림의 절대고수로 자리매김하고 있는 사람이었다.

"허! 언행이 가벼워 별 것 아닌 놈으로 생각을 했더니만 예상보다 거물이 나타났구나?"

"내 말투는 자신감에서 나오는 것이다. 뭐, 말투를 점잖게 한다고 누가 그걸 알아 주냐? 무인은 무조건 강하면 최고다!"

"허어!"

종리순은 어이가 없는지 탄식을 터뜨렸다.

정말 말도 안 되는 자신감이었다.

눈앞에 자신이 있는데도 어찌 저런 말을 할 수가 있을까.

"어쨌거나 그 쪽이 부하들과 이곳에 있다는 게 좀 의외군. 비록 마검문의 영역 안이라고는 하나 내 알기론 바깥출입을 거의 하지 않는다고 들었는데."

검존의 표정이 살짝 굳었다.

사소하다지만 이런 일까지 혈천교의 관심이 닿아 있다는 말이었다. 대충 알고 있는 것만으로도 상당히 많은 문파를 섭렵했다고 들었는데 그들을 관리하면서도 이런 자잘한 정보 수집 또한 꾸준히 관심을 가진다니.

저들의 저력이 도대체 얼마나 될지 상상이 되지 않았다.

"본 문에도 심어 놓은 놈들이 꽤나 되나 보구나? 점점 네놈들을 그냥 놔두어서는 안 되겠다는 생각이 드는군. 네놈에겐 안 좋은 소식이라 할 수 있겠지."

"무슨 소리냐?"

종리순은 검존의 말을 이해하지 못한 듯했다.

그러나 그걸 깨닫는 것엔 오랜 시간이 걸리지 않았다.

탓!

"보면 모르나? 네놈을 여기서 죽이겠다 이 말이다."

검존의 몸이 순식간에 사라지더니 어느새 자신의 앞에 나타나 있었다.

그 엄청난 속도에 종리순은 눈을 부릅떠야 했다.

쐐액!

검존의 손에는 날렵하게 보이는 검 한 자루가 쥐어져 있었다. 그리고 그 검의 검신에는 붉게 빛나는 검강이 서려 있었다.

종리순은 얼른 팔을 내저었다.

콰앙!

"큭!"

그의 입에서 억눌린 신음이 흘러나왔다.

처음 격돌했을 때보다 더한 거력이 실려 있었다.

종리순은 연신 뒤로 물러서야 했다.

검존의 얼굴에 희미한 미소가 어렸다.

"내 앞에 당당히 서 있기에 한가락 재주가 있는 줄 알았더니. 별 것 아닌 놈이었구나?"

종리순의 미간이 꿈틀거렸다.

자신은 이런 말을 들을 이유도, 들어서도 안 되는 사람이었다.

앞으로 이 천하를 지배하게 될 혈천교의 삼 장로가 아니던
가.

타탓!

뒤편으로 멀리 물러선 종리순의 눈에서 광망이 터져 나왔
다.

그러자,

웅웅!

그의 손으로 새하얀 빛 무리들이 모이더니 이내 완전한 하
나의 구 모양을 이루었다.

"별 것 아닌 놈의 공격 한번 받아 보거라."

종리순은 그 말과 동시에 손을 힘차게 앞으로 내뻗었다.

쿠쿠쿠쿵!

찬란하게 빛나는 강기의 덩어리가 움직이자 기파를 견디
지 못한 바닥이 비명을 지르며 갈라지기 시작했다.

챙챙챙!

주진펑은 연신 왼손을 휘둘러댔다.

오른손을 쓸 수 없으니 적을 상대하기가 여간 어려운 게 아
니었다.

그나마 빙한의 기운은 잘 흐르고 있어 적을 겨우 상대할 수
는 있으나 생각지 못한 것이 있었다.

그것은 바로 적들의 무위였다.

이곳 삭주까지 오며 만났던 자들과는 확연히 다른 자들이 었다.

그들은 무공을 아는 제대로 된 무인들이었다.

거기에 지금 현재 몸 상태에서 열화의 기운을 제대로 이끌어 낼 수가 없다는 것도 문제였다.

쉬지 않고 오랜 시간 이동한 끝에 체력적으로 무리가 온 상황이었다.

두 기운을 동시에 일으키는 것이 부담이 되지 않는다고 할 수 없었다.

그러다 혹시라도 왼팔까지 망가지게 된다면 그에게 적을 상대할 수 있는 무기가 아예 없어지는 것이었다.

두 눈으로 의가의 급한 불은 껐다는 걸 확인했으니 그렇게까지 무리하고 싶은 마음은 없었다.

그저 이 위기만 어찌 잘 넘어갔으면 하는 바람이었다.

하나 돌아가는 상황은 그의 뜻대로 움직이지 않았다.

쉬익!

검광이 번쩍였다. 그러자 주진평의 옆구리가 쩍 갈라지며 피가 흘러나왔다.

"큭!"

몸이 휘청거렸다. 주진평은 균형을 잡기 위해 안간 힘을 썼다.

적들이 그를 정신없이 휘몰아치고 있었다. 지금은 잠시의 빈틈만 보여도 생사와 관련이 될 정도로 큰 부상을 입을 수도 있었다.

'더 이상은 안 되겠다.'

주진평은 흡력석으로부터 받아들여 단전에 모아두었던 열화의 기운을 끄집어냈다.

웅웅웅!

왼손이 떨리기 시작했다.

두 기운이 충돌을 하며 엄청난 반탄력을 만들어낸 결과였다.

그는 그것을 자신에게 덤벼드는 적들에게 아낌없이 쏟아부었다.

콰콰쾅!

"크아악!"

혈천교의 무인들이 무더기로 떨어져 나갔다.

그들이 강하기는 하지만 제대로 힘을 풀어내는 주진평을 상대하기에는 무리였다.

하나 아직도 남아 있는 적들은 많았다.

그들은 잠시 주춤하는 듯했으나 이내 빠른 속도로 전열을 가다듬었다.

힘을 풀어낸 주진평이 인상을 찡그리는 것을 본 탓이다. 더군다나 아까부터 오른팔은 전혀 쓰지를 못하고 있었다.

"모두 덤벼라! 아무래도 저놈은 부상을 입은 것 같다!"

한 혈천교 무인의 외침에 주변에 있던 그의 동료들이 이를 악물고 일제히 주진평을 향해 뛰어들었다.

'낭패다!'

생각이 짧았다.

힘들어도 약한 모습은 보이면 안 되는 것이었다.

급하게 힘을 풀어내느라 잠시 흐트러진 모습을 보인 게 적들에게 희망을 준 것 같았다.

주진평은 얼른 다시 열화의 기운을 끌어들여 빙한의 기운과 맞부딪히게 만들었다. 그리고 그 힘을 앞으로 곧장 내뿜렸다.

"뭐, 뭐야! 이런 씨발!"

"아직 힘이 남아 있었어!"

반격이 있을 것이라 예상치 못한 혈천교의 무인들은 급히 몸을 뒤틀었다.

조금이라도 피해를 줄여보려는 속셈이었다.

그러나 주진평이 쏟아낸 힘은 그렇게 만만한 것이 아니었다.

자신의 위기를 깨닫고 몸에 무리가 가는 줄 알면서도 당장에 낼 수 있는 최고의 힘을 내뿜린 것이었다.

혈천교의 무인들은 속수무책으로 당할 수밖에 없었다.

하지만 마냥 주진평에게 일이 잘 풀린 것은 아니었다.

적들은 모든 방위에서 달려들고 있었다. 주진평이 공격을 뿌린 것은 그 중 한 쪽 방향에 지나지 않았다.

사용할 팔이 없는 주진평으로서는 나머지 방위에서 오는 적들을 막아내기가 힘들었다.

그는 어쩔 수 없이 자신의 몸을 방패로 삼아야 했다.

'젠장!'

주진평은 빙한지석을 부서져라 꽉 쥐었다.

그리고 자신이 받아들일 수 있는 한계치까지 빙한의 기운을 끌어들여 온몸으로 고루 돌렸다.

살아야 했다. 아직 가족들의 안전을 완벽하게 확보하지 못한 지금, 이렇게 죽을 수는 없는 일이었다.

그는 두 눈을 부릅뜨고 자신에게 날아오고 있는 적들을 노려보았다.

갑작스런 변화가 생긴 것은 바로 그 순간이었다.

휘리릭!

별안간 뭔가가 휘둘리는 소리가 들렸다.

그러더니 시꺼먼 몸체를 가진 길쭉한 것이 혈천교 무인들의 사이사이를 휘젓는 것이 아니겠는가.

그 움직임이 마치 뱀과 같았다.

서거걱!

사방에서 무언가가 썰리는 소리가 들려왔다.

"크아아악!"

"이, 이건 뭐야!"

예상치 못한 변수에 혈천교 무인들의 입에서는 경악성과 비명이 함께 터져 나왔다.

그들의 몸은 넝마가 되어 있었다.

멀쩡한 사람이 거의 없다고 무방할 정도로 그들의 피해는 컸다.

그 모습을 본 주진평은 눈을 휘둥그레 떴다.

검은 물체의 익숙한 움직임, 낯익은 소리. 이 모든 것이 그에게는 반가움을 안겨주기에 충분했다.

놀란 그가 뭐라고 소리치기도 전에 전면에서 천천히 걸어오며 말을 건네는 사람이 있었다.

"어린 주군아, 어찌 몸 상태가 그 따위냐? 지금 이 볼썽사나운 모습은 또 뭐고 말이야."

"소우!"

주진평의 얼굴에는 함박웃음이 그려져 있었다.

짧은 말만 남기고 떠났던 풍소우가 자신의 앞에 서 있었다.

그가 그렇게 떠나고 얼마나 가슴 아파했던가. 모든 것이 모자란 자신으로 인해 일어난 일로 생각되어 괴로웠었다.

한데 이렇게 밝은 모습으로 다시 나타나니 더없이 기뻤다.

주진평의 얼굴을 확인한 풍소우는 인상을 찡그렸다.

"그런 표정 짓지 마라. 징그러우니까."

"돌아왔구나."

"내가 어디 죽으러 갔다가 왔나? 마음을 추스를 시간이 필요했을 뿐이야."

"지금의 모습이면 충분히 추스른 것 같다."

주진평의 말에 풍소우는 어깨를 한번 으쓱이며 들고 있던 생사편을 가볍게 흔들었다.

그러자 마치 뱀이 똬리를 틀 듯 생사편이 스르륵 움직이더니 풍소우의 팔에 감겼다.

그 모습을 본 주진평은 두 눈을 살짝 빛냈다.

"강해졌네?"

"난 원래부터 강했다. 몰랐냐?"

말은 퉁명스레 하지만 풍소우의 얼굴에는 미소가 그려져 있었다.

짧은 시간동안 생사편을 완벽히 자신의 것으로 만들기 위해 노력했었다.

지금 이 상태로는 주진평에게 전혀 도움이 안 된다고 생각이 들었기에 피가 나도록 이를 물고 노력했다.

연검은 과감하게 버렸다.

더 강해져야 했으나 팔은 하나밖에 남아 있지 않았다.

그렇다면 위력이 압도적으로 뛰어난 생사편에 모든 것을 걸 수밖에 없었다.

"어린 주군은 꼬라지가 왜 그 따위야? 내가 못 본 사이에 실력이 더 퇴보한 느낌인데? 그리고 그 팔은 내 흉내라도 내려고 일부러 그렇게 한 거야?"

말을 하는 풍소우의 얼굴에 안타까움이 잠시 스쳐 지나갔다.

한 눈에 보아도 오른팔의 상처가 심각해보였다. 잘못하면 자신처럼 팔을 잃을 수도 있을 정도의 상처였다.

걱정이 되지 않을 수가 없었다.

그 모습을 본 주진평은 씁쓸한 미소를 잠시 짓다 이내 표정을 바로 하고 물었다.

"그런데 어쩌다 네가 이곳에 있는 거냐? 혹시 저 사람들도 네가 데리고 온 사람들이야?"

그의 눈은 붉은 옷을 입고 혈천교의 적들과 싸우고 있는 사람들에게 향해 있었다. 그는 아직 저들이 마검문의 무인들이란 것을 몰랐다.

풍소우는 고개를 크게 끄덕이며 자랑스럽게 입을 열었다.

"어린 주군을 위해 내가 준비한 선물이다. 저 사람들은……."

하지만 그의 말은 더 이상 이어지지가 않았다.

쿠쿠쿠쿵!

갑자기 엄청난 굉음과 함께 섬광이 터져 나왔기 때문이다.

두 사람은 황급히 소리의 진원지로 고개를 돌렸다.

그곳에는 밝게 빛나는 강기의 덩어리가 움직이고 있었다. 그리고 그 앞에는 검존이 잔뜩 긴장한 얼굴로 서 있었다.

"영감!"

풍소우의 입에서 다급한 음성이 터져 나왔다. 그의 발은 어느새 검존을 향해 정신없이 움직이고 있었다.

"으음!"
검존은 자신에게 날아오는 강기의 덩어리를 보며 얼굴을 굳혔다.
한눈에 보아도 범상치 않은 공격이었다.
그는 얼른 자신의 검을 가슴으로 가져갔다.
그리고 눈을 감고 내공을 끌어올렸다.
푸학!
그의 검신에 서린 검강이 더욱 붉은 빛을 토해놓았다.
검존은 그것으로 다가오는 강기의 덩어리를 강하게 내려쳤다.
쩌저적!
주변으로 엄청난 기파가 퍼져나갔다.
두 기운은 한 치의 물러섬 없이 여전히 힘겨루기를 하고 있었다.
검존은 이를 악물고 검에서 신경을 거두지 않았다.
손이 부들부들 떨렸다.
자칫 실수라도 하는 날에는 큰 낭패를 볼 것 같았다.
주변에 있던 사람들은 황급히 자리를 떴다.
자칫 잘못하면 폭풍의 여파에 휩쓸릴 수도 있으니 그것은 당연한 것이었다.

번쩍!

사람들이 정신을 수습하기도 전에 섬광이 터졌다. 그리고 엄청난 굉음이 그 뒤를 따랐다.

주변은 엉망으로 변했다. 풀 한 포기 남기지 않았다.

먼지가 가라앉고 시야가 다시 확보되었다.

혈천교와 마검문의 사람들은 마른 침을 삼키며 격전의 현장을 살폈다.

그곳에는 단 한 명의 사람도 서 있지 않았다.

"응?"

사람들은 눈을 휘둥그레 떴다.

분명히 금방까지만 해도 검존은 강기의 덩어리를 상대로 힘겨루기를 하고 있었고 종리순은 그것에 힘을 집중하기 위해 신경을 거두지 않고 있었다.

한데 두 사람 모두 어디로 갔다는 말인가?

쩌정!

그 순간, 갑자기 격전지 뒤편에 있는 공터에서 충돌음이 터져 나왔다.

"뭐, 뭐야?"

사람들은 놀라 얼른 시선을 그곳으로 돌려보았다.

거기선 종리순과 검존이 마주보고 서 있었다.

"크윽!"

신음을 뱉은 종리순의 얼굴에 어두운 기색이 어렸다.

검존이 자신의 공격을 막아내기 위해 안간힘을 다하고 있다는 것을 확인했었다.

그래서 신경이 분산된 지금이 기회라고 여겨 빈틈을 찾아 은밀하게 그의 곁으로 움직였다.

이번 한 수로 끝장을 내버릴 생각이었다.

하지만 그의 뜻대로 되지 않았다.

검존은 종리순이 다가오는 것을 빤히 바라보고 있었던 것이다.

그는 아껴두었던 힘을 풀어내어 순식간에 강기의 덩어리를 베어버렸다.

물론 그 과정에서 꽤나 큰 부상은 입었으나 그는 개의치 않고 움직였다.

상대가 기회라고 여기고 움직이는 지금, 방심하는 마음이 없을 리 없었다.

그는 그것을 이용하려는 것이었다.

검존의 생각이 옳았는지 그가 움직이자 종리순은 화들짝 놀라는 모습을 보였다.

상대가 움직일 수 있을 것이라고는 예상을 전혀 못한 모습이었다.

검존은 여유를 두지 않았다. 바로 앞뒤 가리지 않고 검을 휘둘렀다.

자신에게 검존이란 칭호를 가져다 준 쾌풍검의 진면모가
드러나는 순간이었다.

상대를 우습게 보는 마음은 없었다.

금방 있었던 충돌로 종리순의 실력을 충분히 맛보았기 때
문이다.

이젠 자신이 느꼈던 놀람이란 감정을 상대에게 알게 해줄
차례였다.

퍼억!

"크윽!"

당황해서인지 종리순은 오른쪽 어깨에 일검을 허용하고
말았다.

비록 얼른 기운을 돌려 최대한 방어를 했다고는 하지만 강
기가 둘러진 검존의 검을 무리 없이 막기는 힘들었다.

피가 흘러내리는 자신의 어깨를 보고 종리순은 어두운 표
정을 지을 수밖에 없었다.

퍽!

그는 얼른 발을 뻗어 검존의 복부를 걷어찼다.

두 사람은 서로에게서 떨어져 가쁜 숨을 다스렸다.

"으음……."

주변을 둘러보는 종리순의 표정이 좋지 않았다.

전체적인 분위기가 혈천교에게 안 좋은 방향으로 흘러가
고 있었다.

자신이 눈앞의 상대를 이기지 못하고 있었고, 사로잡아야 하는 주진평 또한 아직 두 다리로 서 있는 상황이었다.

반면에 자신을 도울 부하들은 빠른 속도로 줄어들고 있었다.

어느 쪽으로든 용단을 내려야 할 순간이 온 것 같았다.

'어떻게 한다?'

고민이 되지 않을 수가 없었다. 지금껏 임무를 맡으면 한 번도 실패를 한 적이 없었다.

그것은 그의 자부심이기도 했다.

'그래, 무리를 해서라도 이 임무를 완수해야 한다.'

지금껏 어렵게 지켜왔던 자부심을 이토록 간단히 포기해서는 안 되는 것이었다.

비록 현재 상황이 좋지 않다고는 하나 임무 완수가 불가능하진 않았다.

자신들에게는 이번에 새로 지급받은 환약이 있었다. 그것의 힘을 빌린다면 눈앞에 있는 적들의 숨통을 끊고 임무를 완수할 수 있을 터였다.

마음을 정한 종리순은 부하들에게 환약을 복용할 것을 명하려 했다.

별안간 그의 두 눈에 보인 사람들만 아니라면 말이다.

"응?"

종리순은 두 눈을 급히 비볐다. 그리고 눈을 크게 떠 다시 앞을 확인했다.

분명히 두 노인이 청수의가에서 나와 밖으로 걸어 나오고 있었다.

문제라면 그들의 얼굴이 낯이 익다는 것이었다.

"저, 저들이 어찌!"

종리순은 마치 벼락이라도 맞은 듯 몸을 부르르 떨었다. 그의 얼굴은 경악으로 물들어 있었다.

지금 두 눈에 보여서는 안 되는 사람들이었다. 아니, 살아서 돌아다닐 수가 없는 자들이었다.

"말도 안 돼……."

그로서는 망연자실할 수밖에 없었다.

두 사람의 죽음을 자신이 분명히 확인하지 않았던가. 그리고 이 근래 소문이 나기로도 저들은 죽었다고 알려졌다.

그 소문은 물론 주진평이 성야맹과 패왕성에 알리면서 퍼지게 된 것이었다.

걸어 나오는 두 노인을 확인한 주진평 또한 매우 놀라 소리쳤다. 그로서도 생각지 못한 사람들이었기 때문이다.

"사부님들!"

그들은 다름 아닌 전대 성야맹주였던 용악군과 전대 패왕성주였던 좌천패였다.

세상 모든 사람들이 죽었다고 생각하고 있던 그들이 멀쩡히 살아 이렇게 모습을 드러낸 것이었다.

주진평의 외침으로 저들의 정체를 재확인한 종리순은 급히 주변에 있는 부하들에게 외쳤다.

"후, 후퇴하라! 최대한 서둘러!"

이곳에 있을 수 없었다. 지금은 임무의 성패를 논할 때가 아니었다.

자칫 잘못하다간 이곳의 있는 모든 사람들이 죽을 수도 있었다. 그리고 빨리 돌아가 교의 사람들에게 알려야 했다.

두 사람이 살아 있다는 것만으로도 혈천교가 앞으로 보일 행보에 큰 지장을 초래할 가능성이 컸다.

지금이라도 대책을 세워야 했다.

혈천교의 사람들이 빠른 속도로 청수의가에서 멀어졌다.

마검문의 사람들 중 몇몇은 그들의 뒤를 따라가려 했다.

하지만 검존이 그것을 말렸다.

그는 적들에게 환약이라는 비장의 한 수가 있다는 걸 알고 있었다.

"뒤쫓지 마라. 지금은 좀 쉬자꾸나."

그제야 사람들은 검존과 동료들의 상처를 제대로 살피게 되었다. 얕은 부상이 아니었다.

이번 전투로 엄청난 피해를 줄 게 아니라면 쫓지 않는 것이 옳았다.

검존의 말대로 지금은 쉬면서 체력을 회복하는 게 우선이었다.

마검문의 사람들이 동료들을 챙기는 사이 용악군과 좌천패가 검존에게 다가왔다.

"몸은 괜찮은가? 이거 고생을 시켜버렸군. 참 미안하게 되었네."

좌천패가 걱정스런 얼굴로 말했다. 그에 검존이 웃었다.

"어차피 싸워야 할 놈들 중 한 놈과 미리 붙어 본 것뿐입니다. 당연한 일에 고생이고 미안하고가 어디 있겠습니까? 심려치 마십시오."

검존은 아주 공손했다.

위치와 나이를 떠나 그는 패왕성을 위해 모든 걸 희생했던 좌천패라는 사람을 존경하고 있었다. 그런 사람에게 부담을 안겨주긴 싫은 듯 보였다.

곁에 있던 풍소우가 툭 튀어나온 입을 열었다.

"그 검존이라고까지 불리시는 분이 어찌 저런 놈에게 부상을 입습니까? 참 답답합니다. 답답해요."

말은 그렇게 하지만 그의 손과 눈은 부지런히 검존의 상처를 살피고 있었다. 손길에는 정성이 가득했다.

그런 그를 검존은 따뜻한 눈빛을 하고 보았다.

누가 보면 친할아버지와 친손자라고 해도 믿을 만한 광경이었다.

그때, 옆에 있던 다른 노인이 풍소우를 바라보며 퉁명스레 말했다.

"이놈아, 네가 만진다고 부상이 낫냐? 헛힘 빼지 말고 얼른
의가 안으로 들여라. 안에 있는 할망구한테 최대한 빨리 보이
는 게 조금이라도 도움이 될 것이다."

"아!"

풍소우도 누군가가 떠올랐는지 얼른 검존을 안아들었다.
그리고 가타부타 말도 없이 청수의가 안으로 들어가 버렸다.

사람들은 그런 두 사람을 웃는 얼굴로 바라보고 있었다.

주진평이 금방 말한 노인에게 고개를 돌렸다.

"그런데 어쩌다가 세상에 나오셨습니까? 두 사부님이 살아
계시다는 걸 저들이 알게 되면 가만 놔둘 것 같습니까?"

"안 놔두면? 저놈들이 날 어쩔 수 있을 것이라 여기냐? 네
놈이 좀 컸다고 날 우습게 보는구나? 이 몸이 한 때는 무신으
로 추앙을 받던 분이시다!"

"에구……."

주진평은 고개를 절레절레 흔들었다.

그도 그런 사실을 모르지 않았다. 누구보다 잘 알았다.

한데 지금은 무신이라고 불릴 때와 다르다는 것이 걱정이
었다.

성야맹주 무신 용악군, 그를 모르는 자가 있을까.

무림이란 세계에서 살아가고 있는 자라면 그를 모를 리가
없었다.

하지만 지금의 모습을 본다면 고개를 갸웃거릴 게 분명했다.

일단 머리카락이 낯설었다.

예전의 그 타오를 듯 붉은 머리는 없었다. 현재는 흰머리만 무성했다.

그것은 그의 몸속에 있던 극강의 열양지공이 남아 있지 않다는 말과 다르지 않았다.

종리순도 조금만 차근하게 용악군을 살폈다면 한 눈에 알아볼 수 있을 정도로 그것은 확연히 드러났다. 물론 그것을 알아보았다면 그렇게 물러나진 않았을 것이다.

지금은 무신이 아니라 힘없는 늙은이에 불과하다는 것을 눈치챘을 테니 말이다.

주진평도 지금 그 점을 말하고 있는 것이었다.

그의 말에 옆에 있던 좌천패가 답했다.

"걱정 말거라. 그 정도로 생각 없이 나온 것은 아니니 말이다. 그것보다 넌 의가 안으로 안 들어가도 되겠느냐? 네 가족들이 널 많이 걱정하고 있는 것 같던데."

"아!"

주진평의 입에서 탄성이 흘러나왔다.

생각지 못한 사부들의 등장으로 잠시 가족들을 잊고 있었던 것이다.

"허허! 어서 들어가 보거라. 우린 이곳을 수습하는 걸 보고 뒤따를 테니."

"네, 사부님. 그럼 먼저 들어가 보겠습니다."

주진평은 두 사부를 뒤로 하고 청수의가로 향했다.

저벅저벅.

정문에 가까울수록, 가족들의 기척이 느껴질수록 그의 발걸음은 점점 빨라졌다.

이곳까지 오면서 마음고생이 너무 심했었다. 몸도 지쳐 있었다. 그래서 그런지 가족들과 만난다는 생각만으로도 가슴이 설레었다.

정문이 눈에 들어왔다.

주청학을 비롯한 가족들은 의가 밖으로 나와 있었다.

주진평은 아버지 앞에 서자마자 무릎부터 꿇었다.

"소자로 인해 의가가 위험에 처하게 되었습니다. 정말 죄송합니다."

그는 일단 이런 일이 생기게 된 것에 대해 설명을 했다. 그리고 사죄를 했다.

가족들은 상황이 어찌 된 것인지도 모르고 두려움에 잠 못 이루었을 게 분명했다.

정체 모를 사람들, 더군다나 그들은 칼 한번 휘두르는 것으로 사람을 마구 죽일 수 있는 무인들이었다.

평범한 사람들로서는 공포의 대상이 될 수밖에 없었다.

그런 자들이 의가를 덮쳤다.

만약 마검문의 사람들이 오지 않았다면 그 공포와 불안은 극도에 달했을 것이다.

주진평으로서는 그 점이 너무도 미안했다.

하나 주청학과 주여설, 주운휘는 괜찮다는 얼굴이었다. 오히려 미안해하지 말라는 표정이었다.

주여설이 부드러운 미소를 띤 채 입을 열었다.

"이 모든 게 우리 가족을 위한 거잖아. 아버지께 들었어. 네가 어머니를 찾고 있다는 것을. 그렇다면 미안해할 필요 없어. 어머니만 다시 돌아오신다면 이 정도는 우리도 참을 수 있어."

주운휘가 고개를 크게 끄덕이며 말을 보탰다.

"소우 형님과 어르신들, 그리고 많은 무사님들 덕분에 저흰 편하게 있을 수 있었어요. 그러니 형님께서 이러시지 않아도 되요."

"그렇단다. 네가 고생하고 있다는 것을 이분들을 통해 들었단다. 더군다나 이렇게 도와주시는 분들이 있다는 것은 네가 행실을 제대로 하고 다녔다는 말이겠지. 이 애비는 그것만으로도 만족스럽구나."

마지막으로 주청학이 아들을 자리에서 일으키며 말했다.

다시 두 발로 일어선 주진평은 살짝 물기어린 눈을 했다.

이토록 이해한다는 말을 해주는 가족이 고마웠고, 아무 일도 없게 만들어준 풍소우와 사부님들, 그리고 마검문에 너무도 감사했다.

"표정이 아주 보기 좋구나. 네가 그런 표정도 지을 줄 알고. 바깥세상이 널 바꾸어놓긴 제대로 바꾸어 놓았구나.”

별안간 들려온 목소리에 주진평은 눈을 동그랗게 떴다. 그리고 아주 반갑다는 표정을 지었다.

“할머니!”

그곳에는 눈밭에라도 걷다가 온 듯 머리에 하얀 서리가 앉은 노파 한 명이 푸근한 미소를 지으며 걸어오고 있었다.

노파의 이름은 한백령(寒白靈), 사람들은 그녀를 약선이라고 불렀다.

“이놈아, 몸 상태가 어찌 그 따위더냐? 내 누누이 말하지 않았더냐. 상처를 바로 돌보지 않으면 돌이킬 수가 없다고 말이다.”

약선은 다가오자마자 주진평의 상처부터 살폈다.

팔은 심각한 수준이었다. 혈맥이 터져 막아놓은 상태였다.

이대로 계속 놔두면 팔을 영영 잃을 수도 있었다.

상처를 살피던 그녀는 주진평을 노려보며 말했다.

“얼른 안으로 들어라!”

“그나저나 어쩌다 약선곡을 떠나신 거예요? 세상으론 나오지 않으시겠다고 호언장담을 하셔놓곤.”

“좀 조용히 하거라! 치료에 집중할 수가 없지 않느냐!”

치료를 하던 약선이 버럭 소리를 질렀다.

그녀는 지금 주진평의 상처를 살피느라 온 신경을 사용하

고 있었다. 그런 차에 주진평이 말을 걸어오니 짜증이 난 듯
했다.

두 사람의 옆에는 검존이 자리에 누워 있었다. 그는 주청학
이 살피고 있었다.

내상에 대해서는 그가 해줄 수 있는 것이 없었다. 한데 외
상에 대해서는 도울 수가 있을 것 같았다.

네 사람은 치료에 전념을 하고 있었다.

하루가 지났다.

아침이 되자 의가의 사람들과 마검문의 사람들은 마당을
서성였다.

치료가 어느 정도 끝이 났다는 소식을 들었기 때문이다.

드르륵.

전날 밤, 혹시 있을지 모를 적들의 공격에 대비하느라 잠
못 이룬 풍소우는 좌천패를 바라보며 말했다.

"그런데 이상합니다. 저들이 왜 다시 공격해 들어오지 않
았을까요?"

그에 대한 대답은 용악군이 했다.

"이 몸의 얼굴을 알현했는데 들어 올 수가 있겠느냐? 간을
떼어놓고 사는 놈들이 아니라면 겁이 나서라도 몸을 숨기는
게 당연하다."

"예……."

“어찌 대답이 그 따위냐?”

“아, 아닙니다!”

풍소우는 황급히 고개를 숙였다.

본디 조금 경망스럽게 행동을 하는 그였다. 하나 용악군이나 좌천패 앞에서는 그럴 수가 없었다.

존경을 하고 자신에게 어마어마한 도움을 준 두 사람이었다.

두 사람의 엄청난 신위를 두 눈으로 확인을 할 적도 있기에 풍소우로서는 행동거지가 당연히 조심스러웠다.

용악군을 보고 고개를 절레절레 흔들던 좌천패는 문득 떠오른 것이 있는지 입을 열었다.

“한데 어제 그자, 분명 우리를 아는 눈치였네. 한번도 본 기억이 없는데. 어찌 된 건지 자네는 짐작이 가는 게 없는가?”

용악군은 콧방귀를 뀌었다.

“어디 먼발치에서나마 날 본 적이 있겠지. 그런데 내가 그딴 걸 왜 생각해야 해?”

“의아해서 하는 말이네. 아까 본 정도의 실력이라면 우리가 못 알아볼 리가 없었겠지. 한데도 내 기억엔 남아 있지가 않아. 어떻게 해서 우릴 알아보는 걸까?”

“네놈이나 그딴 걸로 고민하거라. 난 관심 없으니까.”

용악군은 관심 없다는 듯 걸음을 옮겼다.

그가 향하는 곳은 주진평과 검존이 치료중인 방이었다.

그는 다짜고짜 방문을 열더니 안을 들여다보며 말했다.

"할망구, 도대체 언제 끝나는 거야? 내가 왜 이렇게 기다리고 있어야 해?"

"문 안 닫아? 빌어먹을 노인네가 참을성이라고는 손톱만큼도 없어!"

"아이고, 시끄러워라!"

약선의 뾰족한 목소리에 용악군이 귀를 막았다.

두 사람의 모습에 방안에서 웃음소리가 들렸다.

"두 분은 여전하시군요?"

주진평이었다.

오른팔을 광목으로 칭칭 두른 그는 방밖으로 나와 사람들에게 고개를 숙였다.

"심려를 끼쳐드려 죄송합니다. 약선 할머니께서 잘 치료해주셔서 어느 정도 회복이 될 것 같습니다."

"이놈아, 웃을 일이 아니다. 조금만 늦었어도 큰일 날 뻔했어."

뒤따라 나오던 약선이 주진평을 나무랐다.

그 뒤로는 웃는 얼굴의 주청학과 검존도 보였다.

그들 모두 치료를 마친 듯 보였다.

그제야 밖에서 기다리던 사람들의 표정이 밝아졌다.

굉장한 의술을 지닌 사람들이 치료를 하고 있다고는 걱정이 되는 건 어쩔 수가 없었다.

한데 이토록 건강한 모습을 보이니 표정이 좋은 것은 당연했다.

마검문의 사람들은 아직 거동이 불편해서 방 안에 누워 있는 검존에게로 발걸음을 옮겼다.

주진평은 그런 그들에게 일일이 인사를 건넸다. 물론 방안에 있는 검존에게도 마찬가지였다.

그들로 인해 의가의 사람들이 무사할 수가 있었다.

그의 입장에서는 절을 해도 모자랄 판국이었다.

검존은 그런 주진평에게 웃으며 말했다.

"적당히 하게. 그렇게 고맙다면 다음에 본 문이 필요로 할 때 한번 도와주면 될 게 아닌가.."

"네, 반드시 그리하겠습니다."

주진평은 어제 저녁, 어느 정도 치료가 되자 약선에게 사람들이 이곳으로 오게 된 이야기를 들었다.

자신의 곁을 떠났던 풍소우가 찾은 곳은 다름 아닌 약선곡이었다.

그곳에 있었던 좌천패와 용군악에게 도움을 청하기 위해서였다.

더욱 강한 무공이 필요했다. 하다못해 생사편이라도 완벽히 다룰 수 있어야 했다.

그것에 대한 도움을 줄 수 있는 사람은 직접 생사편을 사용하던 용군악 밖에 없었다.

풍소우는 거기서 지옥과도 같은 수련을 했다고 했다. 많은 시간이 없었기에 더욱 처절하게 자신을 몰아세웠다고.

어느 정도의 시간이 지나자 풍소우는 다시 약선곡을 떠나기로 마음을 먹었다.

주진평에 대한 걱정이 끊이지 않아서인데, 그는 곧바로 마검문으로 움직였다.

물론 바깥세상의 소식을 들은 좌천패와 용악군, 그리고 청수의가가 마음에 걸린 약선도 같이 동행을 한 상황이었다.

마검문에 도착한 풍소우는 검존에게 청수의가를 지켜줄 것을 부탁했다.

그는 사실 적들을 상대하고 일이 크게 벌어질수록 청수의가가 마음에 걸렸었다.

만약 자신이 적이었다면 주진평을 견제하기서라도 청수의가를 인질로 잡을 것 같았기 때문이다.

그것은 주진평의 이름이 천하에 널리 퍼질수록 확신으로 굳어졌다.

그리고 그의 추측은 지금에 와서 보니 정확했다고 볼 수 있었다.

이렇게 적들이 공격을 해오지 않았는가.

저벅저벅.

주진평은 풍소우에게로 걸어갔다. 이어 그의 하나밖에 남지 않은 손을 꼭 쥐었다.

"정말 고맙다. 네가 계속 나를 걱정해준 덕에 이렇게 위기를 잘 피해갈 수 있었다. 너에겐 정말 항상 빚만 지는 것 같다."

"그걸 이제 알았냐? 어린 주군, 넌 앞으로 나에게 더 잘해줘야 할 거야. 그렇지 않으면 네 치부를 만천하에 알려버릴 거거든."

"하하하! 그건 걱정을 마라. 모시고 살라고 해도 그럴 테니까."

두 사람은 마주보고 웃었다.

그만큼 서로를 생각하면 기꺼운 마음부터 들었다.

"정말 지랄을 하는구나."

두 사람을 바라보던 용군악이 인상을 찌푸렸다. 그는 이런 낯간지러운 모습을 싫어했다.

반대로 좌천패는 아주 흐뭇한 표정으로 그들을 보고 있었다.

무엇보다 서로간의 믿음을 중요시 여기던 그로서는 정말 가슴 푸근해지는 모습이었다.

용악군의 잔소리에 멋쩍은 표정을 짓던 주진평은 고개를 돌리다 우연히 의가의 정문을 보게 되었다.

"응? 누구지?"

거기로 누군가가 빠른 속도로 경공을 펼쳐 다가오고 있었다.

자신이 아는 사람은 아니었다.

그가 의아해하고 있을 때, 풍소우가 앞으로 나섰다.

"응? 마검문에 있어야 할 저놈이 무슨 일이지?"

뛰어오고 있는 자는 그가 혹시 몰라 마검문에 연락책으로 놓아두었던 천살대의 부하였다.

한데 그런 그가 저렇게 뛰어오고 있다는 것은 분명 무슨 일이 생겼다는 말과 다르지 않았다.

풍소우는 옆에 있는 우물에서 물을 떠 도착한 부하에게 내밀었다.

한 눈에 보아도 지쳐보였다. 마검문에서 이곳까지 쉬지 않고 한 달음에 달려왔다는 말이었다.

그는 부하에게 호흡을 가다듬을 시간을 주었다.

잠시 후, 겨우 숨을 돌린 부하가 입을 열었다.

"대주님, 큰일 났습니다!"

"네가 온 것만으로도 큰일이 났다는 걸 알겠다. 무슨 일이냐?"

풍소우의 물음에 부하는 다시 한번 침을 삼키고서야 대답을 했다.

"마, 만공향이 무너졌습니다!"

뜬금없는 말에 사람들의 눈이 동그랗게 변했다.

第五章
혈천교의 진격

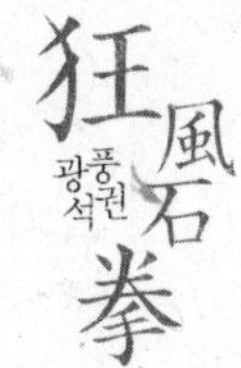

“……? 그게 무슨 말이냐?”

무슨 의미인지 한번에 이해가 되지 않았다.

단일 세력으로 천하에서 가장 강하다는 곳이 만공향이었
다.

그런 곳이 무너졌다니.

이걸 어떤 의미로 받아들여야 하는 것인가?

적어도 건물이 무너졌다는 의미는 아니지 않겠는가.

“만공향이 혈천교의 손에 멸문했다는 말입니다!”

“멸문!”

“……!”

이 말을 들은 모두의 눈이 찢어질 듯 커졌다.

그저 그런 문파가 아니라 만공향이 멸문했다고 말했다.

만공향의 규모가 얼마인데 이렇게 소리 소문 없이 한번에 멸문한다는 말인가.

이건 말이 안 되는 소리였다.

사람들이 그리 생각할 것을 예상한 것인지 부하는 설명을 덧붙였다.

"살아서 이 소식을 전한 사람의 말에 의하면, 만공향 안에서 내분이 일어났다고 합니다. 그래서 바깥에서는 알 수가 없었다고 합니다. 거기에 혈천교의 무리들이 아주 은밀히 들이닥쳐 다른 문파에는 손도 벌릴 수가 없었답니다."

부하의 말대로 만공향이 멸문했다면 당연히 그랬을 것이다. 조금의 분란이라도 밖으로 새어나갔다면 바로 지척에 있는 성야맹에서 모를 리가 없었을 테니 말이다.

성야맹에는 성야맹주 기천극이 있었다.

만공향의 출신인 그가 자신의 문파가 망하는 걸 두 눈 뜨고 볼 리가 없지 않은가.

어느새 근처로 다가온 용악군이 무섭게 일그러진 얼굴로 말했다.

"향의 사람들이 바보가 아니다. 혈천교 놈들이 쳐들어오는데 자신들끼리 싸우고만 있을 리가 없다는 말이다."

그의 말에 천살대의 대원은 침착하게 답했다.

“예, 맞습니다. 해서 다투는 무리 중 한 쪽이 적들을 막자고 말했다고 합니다. 한데 살펴보니 다른 한 쪽은 벌써 혈천교와 모종의 거래가 있었는지 그들의 편에 서서 동문들을 도륙했다고 합니다.”

“……! 그런 말도 안 되는 일이…….”

용악군은 믿을 수 없다는 얼굴을 했다.

만공향은 항상 두 부류로 나뉘어 싸움을 벌였었다.

좌봉(左峰)과 우봉(右峰), 현 성야맹주인 황무경이 좌봉에 있었고 용악군이 우봉의 수장이었다.

용악군, 그가 알기론 자신이 사라지고 황무경이 성야맹주의 자리에 오름으로 해서 두 부류의 다툼이 많이 줄었다고 들었다.

이념의 차이뿐만 아니라 각 수장의 관계가 좋지 않아 지금껏 더 심하게 싸워왔다는 말과 다르지 않았다.

한데 지금에 와서 갑자기 이런 일이 터지게 된 이유가 무엇이란 말인가.

불안한 마음이 들었다.

“그래서 지금은 어찌 되었다고 하더냐?”

“성야맹의 사람들이 그쪽으로 몰려갔다고 들었습니다. 한데 혈천교의 놈들이 만공향으로 향하기 전, 많은 수의 선박을 망가뜨리는 바람에 아직 제대로 움직이지는 못하고 있다고 들었습니다. 그래서 만공향 내의 현 상황까지는 아직 알 수가 없다고…….”

거기까지의 이야기를 들은 용악군은 주진평을 바라보며 말했다.

“채비를 하거라. 만공향에 가겠다!”

하지만 주진평을 뭐라고 말을 할 수가 없었다.

너무도 급작스러웠다. 그리고 당장은 의가가 걱정되기도 했다.

더군다나 의가에서 가까운 태원이 너무도 신경이 쓰였다.

이곳으로 향하는 도중, 엄청난 수의 혈천교 무인들이 자신에게 덤볐다.

그 중심에는 태원이 있었다.

유옥령의 말만 들어 보아도 그곳에서 심상치 않은 일이 벌어지고 있는 게 확실했다.

주진평이 주저하자 용악군의 눈썹이 꿈틀거렸다.

“이놈, 지금 내 말이 들리지 않느냐!”

그는 당장에라도 만공향으로 달려가고 싶었다. 도대체 어떻게 된 일인지 두 눈으로 확인코자 했다.

그때, 좌천패가 끼어들었다.

“진평이에게 너무 무리한 걸 주문하지 말게나. 의가 걱정에 모든 걸 뒤로 하고 이곳으로 온 아이네. 거기에 적들의 공격까지 있었으니 쉽사리 떠날 마음이 생기겠는가. 만공향의 일은 벌써 벌어졌고 지금 가도 늦네. 그리고 성야맹에서 지원군을 보냈다고 하지 않나. 자네 마음은 알겠지만 그쪽 일은 일단 지켜보는 것으로 하세."

"네놈이 감히!"

용악군이 굳은 얼굴로 좌천패를 바라보았다.

하나 좌천패는 차분한 눈으로 그를 바라볼 뿐이었다.

"공 사제를 잃었다. 지금 향주 사형도 그곳엔 없다고 했다. 도대체 누가 그곳을 정리할 것인가? 기천극, 그놈을 믿고 향을 맡기라고? 난 그럴 수 없다!"

급기야 용악군은 살기까지 흘리고 있었다.

그 기세가 너무도 무서워 과연 무공을 잃은 사람이 맞나 싶을 정도였다.

두 사람 사이의 분위기가 무거워지자 다른 사람들은 입도 뻥긋하지 못했다.

그들이 누군지 알기 때문에 그건 당연한 일이었다.

결국 어쩔 수 없이 주진평이 나설 수밖에 없었다.

"사부님, 일단 조금만 기다려 주시면 안 되겠습니까? 어차피 저 이 몸으론 못 떠납니다. 그리고 이 상황에서는 의가를 비울 수도 없고요. 일단 태원을 좀 살펴보겠습니다. 그곳만 문제가 없다면 저도 마음 편히 만공향으로 떠날 수가 있습니다. 제게 시간을 조금만 더 주십시오."

"네놈도 이런 식으로 나오다니!"

용악군의 얼굴에 실망감이 어렸다. 설마 주진평까지 이렇게 나올 줄은 몰랐던 것이다.

그는 몸을 부들부들 떨었다.

화가 나는 것을 참고 있는 것으로 보였다.

용악군의 평소 성격을 아는 사람들은 그 모습이 안타깝게 여겨졌다.

무공을 잃어서 약해진 모습으로 밖에 보이지 않았던 것이다.

그걸 더 이상 보지 못하겠는지 풍소우가 앞으로 나섰다.

"어르신, 제가 태원을 한번 살펴보고 오겠습니다. 그 정도의 여유만 주십시오. 어차피 어린 주군의 몸 상태도 저래서 바로 움직이지는 못하지 않습니까. 조금만, 조금만 기다려주십시오."

풍소우까지 나서 이런 식으로 말하니 용악군도 계속 자신의 고집만을 세울 수는 없었다.

주진평의 몸이 엉망인 것은 사실이니 말이다. 지금은 약선의 도움을 받아 몸을 추스르는 것이 중요하긴 했다.

"딱 나흘의 여유를 주겠다. 그 안에 여기서 처리할 모든 것을 마무리하거라."

"알겠습니다."

풍소우는 고개를 깊숙이 숙였다.

"조심해라. 사부님께서 흥분하실까 봐 아직 말하지 않았지만 공사곤 장로님을 죽인 천무하, 그놈이 청의문에 들었다는 소식을 들었다.”

“뭐?”

주진펑의 말에 풍소우는 화들짝 놀랐다.

저 말이 사실이라면 태원 또한 경시할 수 없었다. 천무하는 혈천교의 주요 인사이지 않던가.

“그래서 태원이 신경이 쓰인다고 말을 했던 거군.”

“그래. 그리고 그 사이 또 어떤 인물이 추가되었을지 알 수가 없다. 위험하지 않는 선에서 알 수 있는 것만 알아서 와야 할 거야. 난 네가 또 다시 다치는 것을 원하지 않는다.”

주진펑의 얼굴이 사뭇 진지했다. 풍소우가 다치는 것을 원하지 않는다는 걸 확실히 인지시켜주려는 의도였다.

그에 풍소우는 피식 웃었다.

“알았다. 나도 남은 팔마저 잃어버리고 싶은 마음은 없다. 겉으로 드러나는 것만 알아서 올게. 그리고 내 은신만큼은 믿어도 좋다. 팔은 잃었지만 적의 강자들도 속인 내 능력이잖아.”

두 사람은 잠시 서로를 바라보며 웃었다.

그러다 이내 풍소우는 발걸음을 옮겼다. 사흘이란 시간은 그렇게 긴 것이 아니었다.

*　　*　　*

“이게 어떻게 된 일인가? 분명 태호 전체를 살피고 있다고 하지 않았는가!”

성야맹주 기천극이 드물게도 화를 내고 있었다.

그것은 눈앞에 펼쳐진 일 때문이었다.

마음이 급한 나머지 부하들을 태호 주변에 놔둔 채 먼저 만공향으로 들어왔다.

한데 안에는 아무도 없었다.

그저 불에 타 폐허가 되어버린 건물들만 눈에 들어왔다.

“태호 주변을 확실히 살피라 명했습니다만…… 죄송합니다.”

사제인 천룡각주 황무경은 황급히 고개를 숙였다.

지금 사태를 그도 믿을 수가 없었다. 분명 빠져나간 사람은 아무도 없다는 보고를 받았었다. 한데 이게 어찌된 일이란 말인가.

그도 할 말이 없었다.

저벅저벅.

기천극은 폐허가 된 만공향 안으로 발걸음을 옮겼다.

“으음…….”

침음성이 흘렀다.

멀쩡한 건물이 하나도 없었다. 말 그대로 모든 것이 망가져 있었다.

이곳이 자신이 알던 만공향이 맞는지 의심이 될 정도였다.

"……!"

갑자기 길을 걷던 기천극의 눈이 찢어질 듯 커졌다.

그의 행동이 이상하게 보였는지 황무경도 같은 곳으로 눈을 돌렸다가 그 역시도 다르지 않은 반응을 보였다.

"사, 사제!"

두 사람이 정신없이 한 곳으로 뛰어갔다.

그곳에는 한 노인이 갈기갈기 찢어진 상태로 누워 있었다. 누군지 알 수 있게 한 것은 멀쩡한 그의 머리가 유일했다.

"크흑!"

황무경은 사제라고 부른 사람의 머리를 껴안고 오열했다.

어릴 때부터, 이곳 만공향에 와서 모든 것을 같이 공유한 사제였다. 지금까지도 자신을 믿고 따라줘서 든든한 아군이 되었던 그가 처참한 모습으로 죽어 있었다.

황무경의 눈에서 굵은 눈물이 흘러내렸다.

기천극도 눈물을 흘리지는 않지만 다르지 않은 모습이었다.

두 사람은 침통함을 감추지 못했다.

그들의 마음을 더욱 무겁게 한 것은 그런 자들이 한두 명이 아니라는 것이었다.

무려 이백 명이 넘어가고 있었다.

만공향이 단일 세력으로 가장 강하다고 해서 인원이 많은 것이 아니었다.

오로지 무공, 개개인의 무공이 다른 대문파의 장로급에 달한다고 봐도 과언이 아닐 정도로 강하기 때문에 최강의 문파로 군림할 수 있었다.

한데 지금 그런 자들이 말도 안 되는 모습으로 죽어 있었다.

기천극과 황무경으로서는 눈으로 보고 있지만 믿을 수가 없었다.

"도대체…… 누가 이런 짓을 할 수 있단 말인가!"

분노가 머리끝까지 치솟아 오른 황무경이 하늘을 보며 절규했다.

죽은 대부분의 사람들이 좌봉의 사람들이었다. 만약 좌봉과 우봉, 만공향의 사람들끼리 싸웠다면 이렇게 일방적인 학살은 일어날 수가 없었다.

첨예하게 대립하는 만큼 두 부류의 세력은 비슷했기 때문이다.

이건 외부의 도움이 있었다고 생각할 수밖에 없었다.

"우봉, 이놈들이 향 전체를 팔아먹어!"

황무경은 분노를 주체할 수 없는 듯했다.

그는 눈앞에 펼쳐진 사형제들의 죽음에 연신 욕을 퍼부었다.

반면 기천극은 표정의 변화 없이 그저 하늘만을 바라보고 있었다.

하지만 그의 눈까지 아무렇지 않은 것은 아니었다.

귀화(鬼火)가 일렁였다.

마치 세상을 태울 듯 그의 눈엔 분노의 화염이 줄기줄기 뻗어 나오고 있었다.

“혈천교⋯⋯.”

그의 입에서 조용히 흘러나오는 말이었다.

그는 속으로 다짐을 하고 있었다.

이 상황을 만든 놈들과는 한 하늘을 두고 살아가지 않겠다고 말이다.

모든 것을 부술 생각이었다.

이 세상이 멸망하더라도.

기천극과 황무경, 성야맹을 이끌어가는 두 사람은 지금 태어나서 처음으로 천추의 한(恨)이라는 것을 가슴에 새겼다.

*   *   *

“후우⋯⋯.”

구름이 가득한 밤하늘에 올려다 본 풍소우는 깊게 숨을 들이마셨다.

눈앞에는 청의문이 있었다.

안의 구조는 전부 아는 상황이었다.

한데 편한 마음으로 들어갈 수가 없었다.

태원에 들면서부터 그는 조심스레 움직였다.

어마어마한 인원이 태원을 장악하고 있었기 때문이다. 물론 그들은 혈천교의 사람들이었다.

다행이라면 무공의 정도가 높지 않다는 것이었는데, 청의문에서 가까워질수록 그 상황은 반전이 되었다.

용담호혈(龍膽虎穴).

무인들의 무공이 보통 수준을 넘어서고 있었다.

은신에 귀재라고까지 불린 풍소우, 자신이 움직이는데도 가슴이 조마조마할 정도였다.

자칫 기척이라도 흘린다면 어마어마한 인원의 적들이 자신에게 달려들지 않겠는가.

개개인의 무공은 그가 긴장할 정도는 아니었지만 엄청난 인원의 적들이 절로 그런 분위기를 만들고 있었다.

탓!

풍소우는 조심스레 청의문의 담을 넘었다.

담 안에도 무인들이 돌아다니고 있었다.

한데 생각보다 무인들의 수가 많지 않았다. 그리고 대부분이 밖과 달리 청의문의 사람들이었다.

'이상하군. 이곳이 더 중요하다면 청의문의 사람들이 아니라 혈천교의 고수들이 있어야 하는 것이 아닐까?'

풍소우는 그 점이 궁금했다.

상식적으로 이해가 되지 않아서였다.

일단 생각을 길게 해보았자 답은 나오지 않았다.

직접 두 눈으로 확인을 하는 수밖에 없었다.

그는 조심스레 경공을 펼쳐 더욱 깊숙한 곳으로 들어갔다.

풍소우는 움직이면서 철저하게 엄폐물을 이용했다. 담이나 건물의 어두운 곳을 이용하기도 했다.

아직까지 그의 움직임을 눈치챈 사람은 없었다.

'내 기억이 분명하다면 저곳이 청의문주의 거처다.'

다른 곳보다 다소 무인들의 인원이 많은 곳, 그는 지금 청의문주 갈옥상의 거처를 눈앞에 두고 있었다.

'한데 이상하다. 거처 안에서 기척이 느껴지지 않아. 그리고 이곳을 지키는 인원이 많다고는 하지만 한 문파의 문주를 지키는 사람들 치곤 무공이 너무도 낮다.'

아까 가진 의문과 다르지 않았다.

지금 이곳 청의문 전체가 정상이 아니라고 느껴졌다. 마친 빈껍데기를 보는 것 같았다.

그래도 일단 안은 살펴보아야 했다.

혹시 자신이 잘못 느끼고 있는 것일 수도 있었다.

풍소우는 경공을 펼쳐 건물의 지붕으로 뛰어 올라갔다.

그는 기와를 조심스레 치워 방안을 살펴보았다.

'역시!'

안에는 아무도 없었다.

오랫동안 집무실을 사용하지 않았는지 깔끔하게 정리까지 되어 있었다.

풍소우는 난감하다는 표정을 지었다.

도대체 어디로 가서 정보를 얻어야 한다는 말인가.

그때, 주변을 돌아다니는 무인들이 대화하는 목소리가 들렸다.

"문주님은 결국 오늘도 안 나오신 거야?"

"그런 것 같더군."

"흐음. 언제까지 저곳에 얽매어 계실거지? 집무를 너무 오랫동안 보시지 않잖아. 문파의 일은 엉망이 되어가고."

"기다려 봐야지. 모두 청의문을 천하제일 문파로 만들기 위한 거라잖아."

"그래도 그렇지."

두 사람의 대화를 들은 풍소우는 청의문에서 뭔가 다른 일을 벌이고 있다는 생각이 깊이 들었다.

'일단 더 살펴보아야겠어. 이곳 안만 살펴볼게 아니라 태원 전체를 대상으로.'

듣자하니 집무를 보지 않은 지도 오래된 것 같았다.

갈옥상이 문파 내에 있다면 그렇게까지 되지는 않았을 것이다. 하다못해 다른 사람이라도 보았겠지.

한데 그렇지 않고 있다는 말은 모두가 다른 일에 더 신경을 쓰고 있다고 보아야 했다.

탓!

마음을 정한 풍소우는 조심스레 청의문을 벗어났다. 그리고 그가 아는 지식을 모두 동원해 이곳 태원에서 이상한 흐름이 감지되는 곳을 찾으려 했다.

하루가 지났다.

풍소우는 태원의 변두리에 있는 한 야산 앞에 서 있었다.

'밤만 되면 이곳으로 많은 물자들이 움직인다. 게다가 사람들의 유동도 굉장히 잦아. 그 많은 사람들이 머무를 수 있는 곳이 이 작은 산에 있다는 게 믿어지지 않는데……'

산의 규모는 크지 않았다. 그렇다고 높은 것도 아니었다.

한데 이동하는 사람들의 수는 어마어마했다.

문제는 대부분이 무인이라는 점이었다.

이 산 어딘가에 대규모의 문파가 있다고 봐도 될 정도였다.

'일단 이곳을 좀 살펴봐야 하는데……'

산에 다가가기가 쉽지 않았다.

많은 무인들이 산 주변을 경계하고 있었다. 무공의 수준이 낮은 것도 아니었다.

풍소우가 이러지도 저러지도 못하고 있는 그때, 갑자기 야산에서 일단의 무리가 밖으로 나왔다.

'응?

규모가 대단했다.

아주 많은 사람들이 떼를 지어 움직이고 있었다.

저 많은 사람들이 대체 어디에 숨어 있었는지 궁금할 정도였다.

풍소우로서는 그들의 면면을 살펴볼 수밖에 없었다.

그러다 그의 눈이 순간적으로 엄청나게 커졌다.

몸은 절로 들썩였다.

원수가 그곳에 있었기 때문이다.

곡운성, 그가 무리를 이끌고 있었다.

풍소우는 당장에라도 그를 향해 달려들 것 같았다.

그는 너무도 흥분한 나머지 주변을 신경 쓰지 못하고 있었다.

그래서 누군가가 자신에게 다가오고 있다는 것도 눈치채지 못했다.

*　　　*　　　*

"무사히 도착했군."

주진평은 청수의가로 들어오는 유옥령을 보며 말했다.

그녀는 일을 당하지는 않았는지 낭패한 기색은 없었다.

하지만 분위기가 이상했다.

그녀의 얼굴은 다급해 보였다.

"무슨 일이라도 있나?"

주진평은 고개를 갸웃거렸다.

그 앞에 도착한 유옥령은 바로 입을 열었다.

"소식 들었어요?"

"무슨 소식 말이지?"

다짜고짜 묻기부터 했다.

무엇에 대해 묻고 있는지조차 알 수가 없었다.

유옥령이 답답하단 표정을 지었다.

"지금 이러고 있을 시간이 어디 있어요? 빨리 떠날 준비를 해야 할 것 아니에요!"

"떠날 준비?"

"지금 태원에 있는 혈천교의 병력들이 이곳, 청수의가로 향하고 있다는 서찰을 받았어요. 얼른 이곳을 떠나야 해요!"

"……!"

주진평은 눈을 동그랗게 떴다.

도대체 이게 무슨 말이란 말인가.

만약 그녀의 말이 사실이라면 정말 보통 일이 아니라고 할 수 있었다.

유옥령은 배를 타고 삭주로 오는 동안 꾸준히 태원에 있는 부하와 전서구를 통해 정보를 교환했다.

현재 자신의 위치나 태원의 동향에 대한 정보를 교환했는데 가면 갈수록 병력이 늘어남을 알 수 있었다. 그리고 모종의 일이 철저한 보안 속에 벌어지고 있다는 것 또한 깨달았다.

부하의 위치가 낮고 소속되어 있는 부서 자체가 중앙으로 들어갈 수는 없었다.

한데 그가 분위기만 보아도 알 수 있는 것이 있었다.

혈천교가 세상에 도래할 시간이 멀지 않았다는 것, 바로 그 점이었다.

그런 와중, 갑자기 대대적인 동원령이 떨어졌다.

삭주에 있는 청수의가를 공격하라는 명이었는데 규모나 무인들의 능력이 보통이 아니었다.

장로가 다섯 명도 더 포함되어 있을 정도이니 그들의 준비가 얼마나 철저한지 단번에 알 수 있었다.

도대체 누굴 상대하기에 이토록 많은 수가 몰려가는 것인가.

부하로서는 다른 것보다 유옥령의 안위가 걱정이었다.

그녀가 청수의가로 향하고 있다는 것을 알고 있지 않은가.

그는 그녀에게 바로 전서구를 날렸다.

그리고 그 전서구를 유옥령이 확인한 것이 삭주에 도착한 방금 전이었다.

그 사이에 적들이 얼마나 다가왔을지 알 수가 없었다.

지금이라도 빨리 그들을 피해 움직여야 했다.

유옥령의 설명을 들은 주진평의 표정이 다급하게 변했다.

'이곳에 있는 사람들로 그들을 막을 수는 없어. 더군다나 의가의 식구들까지 옆에 있다. 불똥이 그들에게 튈 수도 있는

일, 안타깝지만 지금은 이곳에서 벗어나야 한다.'

이곳에 있는 인원이라 해보았자 마검문의 무사 일부와 검존, 주진평등 극소수가 전부였다.

나머지 사람들은 전투에 도움이 될 지도 미지수, 된다고 하더라도 인원이 너무 적어 대항할 방법이 없었다.

게다가 자신을 포함해 부상자도 여럿 섞여 있었다.

자존심 때문에 대항한다고 말 할 때가 아니었다.

"당장 떠나야 합니다! 어서 준비를 서둘러주십시오!"

주진평이 검존을 바라보며 말했다. 그에 검존은 고개를 크게 끄덕이며 부하들에게 철수할 준비를 하라 명했다.

주진평도 주청학을 찾아가 떠나야 된다는 이야기를 전했다. 주청학도 그 소식을 듣곤 식구들에게 얼른 떠날 채비를 할 것을 부탁했다.

저벅저벅.

"적들이 온다고?"

그때 갑자기 한 편에서 살기 어린 목소리가 들려왔다.

사람들이 고개를 돌려보니 좌천패와 용악군이 다가오고 있었다.

"더군다나 수가 많다고? 그렇다는 말은 우리가 누군지 알고 있다는 말 밖에는 되지 않는구나. 아니면 이 정도 사람 수를 상대하는데 그렇게 많은 수를 보낼 리가 없으니 말이야. 즉, 저놈들이 우리를 건드렸던 놈들이란 말이렷다?"

"내가 말했잖은가. 우리를 알아보는 것 같다고. 우리가 몸을 숨긴지가 한참이나 지났네. 저들이 등장도 하기 전의 일이지. 그런데도 알아본다는 말은 역시 그때 그 일을 벌인 놈들이란 말이겠지. 용서할 수 없는 놈들이야."

용악군의 추측은 틀린 것이 아니었다.

일이 이렇게 되면 그들은 두 사람의 정체를 알고 있다고 생각해야 했다.

그럼 현 상황이 이해가 되었다.

혈천교 입장에서는 두 사람의 등장을 환영할 수가 없으니 말이다.

오히려 어떤 수를 써서라도 이 일이 소문나기 전에 좌천패와 손중양을 처리해야 했다.

두 사람은 성야맹과 패왕성의 전성기를 이끌었던 사람들, 아직도 그들을 잊지 못한 사람들이 많이 있었다.

이들의 등장은 양대 세력의 끈끈한 단합으로 이어질 가능성이 컸다.

그리고 무엇보다 중요한 것은 두 사람의 무공이었다.

그들은 이 시대에 다시없을 절대 강자로 이름을 날렸었다.

그 때문에 혈천교에서도 무력이 아닌 계략으로 두 사람을 처리하려고 했었다.

어쨌든 걸리는 일이 한두 개가 아니기 때문에 혈천교 입장에서는 처리를 위해 움직일 수밖에 없었을 터였다.

"마침 잘 되었다. 내가 반드시 향의 복수까지 해주겠다."

용악군은 당장에라도 뛰쳐나갈 것처럼 으르렁거렸다.

어차피 처리하고자 마음먹었던 적들이었다.

오히려 그때가 빨리, 그것도 자기 발로 다가왔으니 그로서는 기쁠 수밖에 없었다.

하지만 옆에 있는 좌천패가 그를 말렸다.

"아니네. 지금은 진평이 말대로 이곳을 떠나야 하네. 저들의 수가 압도적으로 많네. 그리고 우리에겐 의가의 사람들까지 있어. 일단 그들을 안전한 곳으로 이동시키기 위해서라도 움직여야 하네. 저들도 이제 진평이가 의가를 얼마나 소중하게 여기는지를 알았을 것이네. 인질로 삼으려 들 수도 있어."

모든 사람들이 고개를 끄덕였다.

그의 말에 동의한다는 말이었다.

그러나 용악군은 전혀 수긍하는 표정이 아니었다. 도리어 더욱 화가 난 표정이었다.

"언제까지 저들을 피해 다닐 생각이야! 참을 만큼 참았다. 이젠 그러지 않을 것이다. 더군다나 저놈들은 이제 전 무림을 향해 본격적으로 이빨을 드러냈다. 빨리 처리하지 않으면 상황만 안 좋아질 뿐이야!"

용악군은 단호했다.

절대 물러설 분위기가 아니었다.

그때, 주진평이 끼어들었다.

그의 표정은 굉장히 굳어 있었다.

"사부님의 심정을 모르는 바가 아닙니다. 하나 지금 이곳엔 저들과 싸울 힘이 없습니다. 때를 기다리시죠."

"그때가 지금이라고 말하고 있다! 모두 떠난다면 나 혼자라도 싸울 테다!"

"사부님!"

화르륵!

갑자기 주변으로 뜨거운 열기가 퍼졌다.

뚝뚝뚝!

열화지석과 동조를 일으켜 열화의 기운이 일렁이는 주진평의 팔엔 붉은 피가 방울져 떨어지고 있었다.

"이, 이놈이!"

그것을 본 약선이 놀라서 소리쳤다.

아직 기운을 사용해선 안 되었다. 무리를 하다간 정말 을 끊어내야 할 수도 있었다.

한데도 주진평이 동조를 일으킨 것이었다.

사람들의 얼굴엔 걱정이 가득했는데 정작 주진평은 개의치 않는 모습이었다.

그는 열화지석이 들려 있는 오른팔을 용악군의 앞으로 내밀었다.

"느껴지십니까? 이 엄청난 열기가."

느껴지지 않을 리가 없었다.

무인이라도 어느 정도의 수준이 되지 않는다면 땀을 흘릴 정도였다.

주진평의 표정에 별안간 슬픔이 깃들었다. 그는 흔들리는 눈으로 용악군을 바라보았다.

"이 엄청난 기운은 사부님께서 제게 주신 겁니다. 그것도 아낌없이 모조리 주셨습니다. 그런 사부님께서 어찌 혈천교의 고수들과 싸우겠다고 하시는 겁니까? 전 사부님께서 행복하신 모습으로 오랫동안 제 곁을 지켜주셨으면 좋겠습니다. 그러기 위해 전 그 어떤 짓도 할 것입니다."

그의 말에서 강한 의지가 느껴졌다.

두 눈은 어느새 밝게 빛나고 있었다.

그것은 주진평이 스스로에게 말하는 다짐과도 같은 것이었다.

그리고 용악군이 혼자 남는 것을 절대 가만히 보지 않겠다는 말이었다.

"네놈이……."

용악군도 주진평이 무엇을 말하고자 함인지, 그리고 지금 어떤 행동을 취하려 하는지 확실히 알 수 있었다.

그것은 어찌 보면 자신에 대한 도전이기도 했다.

그의 성격상 그것을 가만히 보고 있을 리가 없었다.

"이 사부를 아주 우습게 보는구나."

분위기가 무겁게 가라앉았다.

용악군은 그저 주진평의 눈만 똑바로 보고 있었다.

하지만 주진평은 그것만으로도 엄청난 압박을 받고 있었다.

'어찌 무공을 잃으신 분이……!'

실로 놀라운 일이었다.

한 줌의 내공도 느껴지지 않았다. 그러나 몸은 자신도 모르게 움츠러들고 있었다.

이것이 한 때 절대자의 자리에 올라 있던 사람의 기백이라 할 수 있었다.

이빨은 빠졌어도 호랑이는 호랑이였다.

두 사람을 번갈아 보던 좌천패는 고개를 절레절레 흔들며 끼어들었다.

"두 사람 다 그만하는 게 좋겠군. 진평아, 너부터 기세를 거두어라. 정말 팔을 못 쓰게 될 수도 있다. 그리고 자네도 그만 하게. 지금 이 일이 고집을 부린다고 될 일인가? 아무리 자네라도 저들 모두를 혼자 상대할 수는 없는 일일세. 자네 말대로 우리 두 사람을 죽이러 오는 것인데 어디 준비를 소홀히 했겠는가."

"네놈이 돕는 다면 가능한 일이다."

"그건 장담할 수 없는 일이고, 무엇보다 난 도울 마음이 없네. 내가 봐도 지금은 이들을 안전한 곳으로 옮기는 것이 우선이거든."

용악군의 얼굴이 무섭게 일그러졌다.

똑같은 아픔을 겪은 좌천패였다.

적들을 대함에 있어 지금 자신의 심정과 다를 바가 없을 것이라 여겼다.

그 때문에 약선곡에서도 인연을 이어가지 않았던가.

하나 그 모든 게 자신만의 착각이라는 것을 오늘에서야 알게 되었다.

용악군은 배신감에 몸을 떨었다.

물론 그로 인해 분위기는 더욱 살벌하게 변했다.

주변에 있는 다른 사람들만 안절부절 어쩔 줄을 몰라 했다.

그 순간이었다.

타탓!

경공을 펼치는 소리가 들렸다.

그 소리는 청수의가로 다가오고 있었다.

"벌써?"

마검문의 무사들은 놀란 눈을 했다.

아직 청수의가를 벗어나지도 못했다. 이런 상황에 적들을 맞닥뜨린다면 완전한 고립이었다.

도망치고 싶어도 그럴 수 없는 상황에 처하게 된다는 말이었다.

하지만 다행히 적은 아니었다.

주진평이 그것을 확인시켜 준 것이다.

"소우다!"

그의 말이 끝나기 무섭게 의가의 대문을 통해 들어오는 사람은 정말 풍소우였다.

그는 상당히 지친 상태였다.

옷 이곳저곳에 격전의 흔적이 보였다.

주진평이 놀라 그의 곁으로 다가갔다.

"괜찮아?"

분명히 무리는 하지 말아 달라 부탁을 했었다.

한데 어찌 또 이런 모습으로 나타난단 말인가.

정말 가슴이 찢어질 듯 아팠다.

그의 마음을 짐작했는지 풍소우가 멋쩍은 미소를 지으며 말했다.

"미안하다. 헉헉! 상황이 여의치가 않았어."

그는 이어 가쁜 숨을 진정시키며 자신이 본 현재 혈천교의 상황에 대해 설명을 했다.

태원의 분위기나 청의문, 그리고 그 주변에 있는 한 야산이 수상하다는 것을 사람들에게 알렸다.

나머지는 지금 혈천교의 움직임이었는데 그것은 대부분 유옥령이 말한 것과 비슷했다.

그러나 한 가지, 유옥령이 모르는 사실을 풍소우는 알아서 온 것이 있었다.

"산에서 엄청난 수의 사람들이 나왔습니다. 곡운성과 천무하, 그놈들도 그곳에 있었습니다. 규모가 엄청나 저들이 한 곳으로 향한다면 성야맹이나 패왕성과도 자웅을 겨룰 수 있을 것 같았습니다."

한데 순간 무리는 두 부류로 나뉘었었다.

한 무리는 청수의가로 향하는 분명한데 나머지 한 곳은 어디로 가는지 도저히 알 수가 없었다.

풍소우는 저들이 어디로 향하는지 알고 싶었지만 바로 움직이지 못했다.

적 중 한 명이 자신을 발견하고 덤벼들었기 때문이다.

풍소우는 마음이 다급했으나 싸우지 않을 수가 없었다.

적의 무공은 쉽게 떨쳐낼 수 있는 수준이 아니었던 것이다.

다행히 적을 처리하는데 성공한 그는 뒤늦게라도 적들의 뒤를 쫓으려 했다.

하지만 적들은 이미 사라지고 난 뒤였다.

그는 순간 고민했다.

뒤쫓는다면 적들의 행선지를 알아내는 것은 어려운 일이 아니었다.

그러나 일부가 벌써 청수의가로 향하는 중이었다.

적들이 어디로 가는지도 중요했으나 청수의가에 있는 사람들이 무엇보다 소중했다.

이 소식을 빨리 사람들에게 알려야 했다.

마음이 급한 그는 직접 적들의 뒤를 쫓는 대신 편한 방법을

택했다.

사안이 사안인 만큼 무조건 적들이 어디로 가는지를 알아
야했다.

그는 결국 자신이 잡은 적을 심문해 적들이 향한 곳을 알아
낼 수 있었다.

"그래서 그들은 어디로 향했나?"

좌천패가 묻자 풍소우가 흔들리는 눈으로 그를 바라보았
다.

걱정이 가득한 표정이었다.

"저들은 패왕성으로 향했다고 합니다."

"패, 패왕성!"

이곳에 있는 모든 사람들이 눈을 동그랗게 떴다.

예상을 못한 전개였다.

"그 규모로 패왕성을 장악할 수 있다고 생각하는 건가? 조
금만 시간이 지체되어도 우리 마검문을 포함해 엄청난 대군
이 그곳으로 향할 것인데 무슨 자신감으로 그런 행동을 한단
말인가?"

검존은 이해를 할 수 없다는 얼굴이었다.

패왕성 자체가 엄청난 세력인 것은 확실했다. 하지만 그보
다 그곳을 두려워하는 이유는 주변에서 떠받들고 있는 여섯
개의 기둥들 때문이다.

비록 흑망회가 엄청난 타격을 받았다고 하나 아직 다섯 개

의 기둥이 남아 있었다.

그들은 패왕성 자체 병력보다 훨씬 많았다.

검존은 지금 그 점을 들어 묻고 있는 것이었다.

그의 말을 듣고도 풍소우의 표정은 밝아지지 않았다.

또 다른 문제가 있는 것 같았다.

"혈천교만 패왕성으로 간 것이 아니기에 그들이 자신 있게 움직일 수 있는 것입니다."

"그럼? 그 씹어 먹을 놈들을 돕는 자들이 있다는 말이냐? 도대체 그곳이 어디냐!"

용악군이 버럭 소리를 질렀다.

듣자하니 배신한 곳이 있는 듯 보이는데 그곳이 어딘지 알면 당장에라도 달려가 엎어버리겠다는 마음이었다.

풍소우가 그런 용악군에게 깊숙이 고개를 숙이며 말했다.

"바로 만공향입니다. 그곳에서 살아남은 자들이 지금 패왕성으로 향하고 있다는 소식입니다."

"뭐, 뭣이라!"

"그리고 다른 지원군도 있을 것 같은 느낌입니다. 그렇지 않고서는 저들이 저렇게 대대적으로 행동할 수 없다는 것이 제 생각입니다."

"허어!"

사람들의 얼굴이 굳었다.

듣고 보니 보통 일이 아니었다.

특히나 용악군의 얼굴은 하얗게 질려 있었다.

아무리 자신이 빠져있다고 하지만 만공향의 우봉에서 이다지도 생각 없는 행동을 할 줄은 몰랐다.

그들도 만공향을, 그리고 무림을 사랑하는 이들이 아니었던가.

더 이상은 두고만 볼 수가 없었다.

더군다나 현재는 그들의 행방이 드러나 있었다.

지금이라면 아직 그들이 완전히 무림 전체를 등지는 것을 막을 수 있을 지도 몰랐다.

"지금 당장 패왕성으로 가자."

용악군은 조금의 주저 없이 향방을 결정했다.

다른 사람들도 그에 대한 불만은 없었다.

第六章
빙한지석을 깨뜨리다

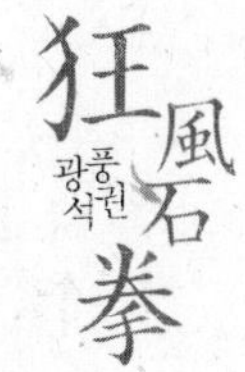

"헉헉헉!"

숨이 턱까지 차올랐다.

너무 지쳐 앞이 보이지 않았다.

어디로 가고 있는 것인가.

자신은 그런 생각조차 할 여유가 없었다. 그저 뛸 뿐이었다.

"지, 진평아. 어디까지 가야 해?"

주여설은 땀으로 흥건히 젖은 얼굴로 동생을 바라보았다. 그녀의 동생은 연신 뒤를 힐끔거리며 말했다.

"조금만 더 힘내. 얼마 안 남았어."

주진평은 제일 후미에서 사람들에게 연신 힘내라는 주문을 하고 있었다.

적들이 지척까지 따라왔다.

조금이라도 더 가야 했다. 그래야 도움을 받을 수가 있었다.

'좋지 않아!'

사람들을 독려하고 있었지만 상황은 나빴다.

꽤 많은 사람들이 뒤를 따라오고 있었다.

다른 방향으로 훨씬 더 많은 무인들이 갔음에도 불구하고 그랬다.

청수의가에 있던 사람들은 용악군이 결정을 내리자마자 바로 몸을 움직였다.

결정을 했으면 지체할 필요가 없었다.

그들은 모두 패왕성을 향해 힘차게 걸음을 옮겼다.

하지만 이동하면 할수록 문제점이 생겼다.

청수의가의 사람들이 걸림돌이 되고 있었다.

그들은 무인들이 아니었다.

그저 평범한 사람들, 무인들의 발걸음을 따라가기엔 무리였다.

거기에 패왕성의 위기가 눈앞까지 다가온 상황이었다.

좌천패나 용악군, 마검문의 사람들까지. 급하지 않은 사람들이 없었다.

청수의가의 사람들은 빠른 속도로 지쳐갔다.

잠시 마검문의 무인들이 의가 사람들을 업고도 이동해보았다.

그러나 그것은 단발성 계획밖에 되지 않았다.

두 부류가 동시에 지쳐갔기 때문이다.

방법이 없었다.

좌천패가 주진평에게 말했었다.

"지금은 적들을 상대할 때가 아니다. 패왕성의 위기도 있지만 저들과 정면으로 부딪히기엔 이쪽도 많은 무리가 뒤따른다. 그냥 부딪히지 않고 패왕성까지 이동하는 것이 최상의 선택이다."

그것은 주진평에게 선택을 하라고 말하는 것과 다르지 않았다.

적들의 규모는 어느 정도 알고 있었다.

하나 저들의 전력을 모두 아는 것은 아니었다.

얼마나 많은 강자들이 있을지, 얼마나 많은 준비가 되어 있을지 예상을 할 수가 없었다.

좌천패와 용악군을 상대하기 위해 보낸 무인들이다 보니 평범하진 않을 것이란 게 좌천패의 생각이었다.

그렇다면 굳이 여기서 저들을 상대해 피해를 입을 필요가 없었다.

가능하다면 저들을 피해 최대한 빨리 패왕성으로 가야 했다.

더군다나 현재 저들과 부딪히게 되면 여러 모로 상황이 좋지 않게 될 터였다.

이곳에 있는 무인들은 청수의가의 사람들을 보호하면서 싸워야 하고, 그렇게 되다 보면 약점과도 같이 되어버린 청수의가 사람들은 피해를 입을 수밖에 없었다.

저들이 가만히 놔두려 하겠는가.

적들의 수가 훨씬 많기에 모든 위험을 다 처리할 수 있는 게 아니었다.

결국 모두에게 좋지 않은 방향으로 흘러갈 가능성이 컸다.

좌천패가 한 말에서 그 의미를 알아챈 주진평은 빠른 선택을 해야 했다.

같이 갈 것인지, 아니면 이쯤에서 갈라질 것인지.

생각은 길지 않았다.

그는 따로 갈 것을 선택했다.

지금 적들의 주목적은 청수의가의 사람들이 아니었다.

처음에는 그랬을지 몰라도 지금은 그렇게 될 수가 없었다.

용악군과 좌천패가 있기 때문이다.

혈천교가 중원을 점령하기 위해 가장 먼저 손을 쓴 것이 있었다.

바로 두 사람을 처리하는 것이었다.

중원에서 양대 세력이라 할 수 있는 성야맹과 패왕성의 수장들, 거기에 그들의 무공 또한 가히 신적이라 할 만 했다.

그래서 미리 손을 썼던 두 사람인데 또 다시 이곳에 나타났다.

그들의 등장만으로도 두 세력은 들썩거릴 수 있었다.

강하게 뭉칠 수가 있는 것이다.

그런 문제들이 있기에 지금 혈천교는 청수의가에 신경 쓸 여력이 없을 게 분명했다.

어찌 보면 주진평의 선택은 당연한 것이었다.

'하지만 저놈들의 수준을 너무 낮게 생각했어.'

사람 수만 확실히 줄어준다면 어떻게든 방법이 있을 거라 생각했다.

그것이 의가 사람들을 구할 수 있는 방법이라 여겼다.

그러나 주진평이 착각한 것이 있었다.

용악군과 좌천패를 처리하기 위해 오던 사람들이었다. 그들 한 명 한 명의 무력이 낮을 리가 없었다.

적들의 수는 적지만 강했다.

지금 부상을 당한 주진평의 입장에서는 쉬운 게 아니었다.

그나마 풍소우와 마검문의 무인 두 사람이 자신을 따라와 다행이긴 했으나 장담할 수가 없는 상황이었다.

적들 중에 장로가 끼어 있지 말라는 법은 없지 않은가.

'빨리 도우러 와야 할 텐데.'

풍소우의 천살대 부하를 그들이 지금 향하고 있는 마검문으로 미리 보낸 상태였다. 지원군을 보내달라고 하기 위해서인데 그들이 언제 도우러 올지는 알 수가 없었다.

주진평의 속은 바짝 타들어 가고 있었다.

타닷! 타닷!

“……!”

풍소우와 주진평의 고개가 급히 뒤쪽으로 돌아갔다.

발자국 소리가 지척까지 다가와 있었다.

‘적이다!’

두 사람은 다른 사람들 몰래 전투 준비를 마쳤다.

의가 사람들에게는 적의 출현을 알리지 않았다.

그렇지 않아도 극도의 긴장감에 휩싸인 사람들이었다. 이
야기를 하면 몸이 굳어 더 둔해질 수도 있었다.

풍소우와 시선을 주고받은 주진평은 사람들에게 말했다.

“먼저 가세요. 저와 소우는 뒤편을 좀 살핀 후 가겠습니
다.”

“가, 갑자기 왜?”

주여설이 동그랗게 변한 눈으로 동생을 바라보았다.

무언가 일이 생긴 것 같았다. 불안한 마음이 들지 않을 수
가 없었다.

주진평은 미소 띤 얼굴로 말했다.

“걱정하지 마. 적들이 어디까지 다가왔는지 살펴보려고 하
는 거니까. 누나는 그냥 앞만 보고 달려.”

하지만 그의 말에도 주여설을 비롯한 사람들의 얼굴은 펴

지지 않았다.

그들 눈에도 싸울 준비를 마친 두 사람이 보였다.

적들이 코앞까지 다가왔다는 것을 인지한 사람들은 더욱 발가락에 힘을 줘 앞으로 뛰기 시작했다.

주진평과 풍소우는 발걸음을 돌렸다.

그들은 다시 뒤편으로 뛰어갔다.

이렇게 된 것 어떻게든 적들을 처리해야 했다.

"으음……."

주진평의 입에서 침음성이 흘렀다.

적의 수는 얼마 되지 않았다.

고작 열 명.

하지만 주진평의 우려대로 강한 기도를 풍기는 사람이 한 명 있었다.

선두에서 뛰어오고 있는 자, 그는 장로가 분명했다.

"저놈은 내가 맡겠다. 어린 주군, 너는 다른 사람들을 처리해라."

풍소우가 앞장서며 말했다.

지금 주진평은 부상 중에 있었다.

회복하는 중이라고는 하나 장로를 상대하기에는 아직 무리라는 게 그의 생각이었다.

팍!

풍소우는 주진평이 뭐라고 말을 하기도 전에 몸을 날렸다.

주진평이 뭐라고 말하려 했지만 너무 늦어버렸다.

"칫!"

그는 어쩔 수 없이 다른 무인들에게로 발걸음을 옮겼다.

한데 그때 생각지 못한 일이 일어났다.

타탓!

"……!"

아홉 명의 무인들이 갑자기 두 무리로 흩어져서 뛰어오는 게 아니겠는가.

"이, 이놈들이!"

주진평은 다급하게 경공을 펼쳤다.

자신을 지나치게 할 수 없었다.

그리되면 의가의 사람들이 위기에 처할 수도 있었다.

그는 급히 자신을 지나쳐 가는 사람들을 쫓으려 했다.

하나 그럴 수가 없었다.

콰쾅!

"큭!"

주진평은 정면을 보며 눈살을 찌푸렸다.

자신을 지나쳐 가던 사람들이 별안간 다시 뒤로 돌았다.

그리고 대신 다른 사람들이 의가 사람들이 있는 곳으로 가버렸다.

의가 사람들에게 가려면 이들을 해치우고 가는 수밖에 없었다.

주진평은 가슴이 답답해지는 걸 느꼈다.

그 감정은 고스란히 주먹에 담겼다.

"저리 꺼져!"

사아악!

주먹이 움직이자 한기가 휘몰아쳤다.

빙한지석이 왼손에서 냉기폭풍을 일으켰다.

"어어어! 파, 팔이!"

그건 정면에 선 두 무사의 팔을 한순간에 얼어붙게 만들었다.

피하지 않고 막았기 때문에 생긴 일이었다.

그러나 적들도 바보는 아니었다.

의가 사람들이 있는 곳으로 간 세 명과 금방 팔을 당한 두 명을 제외한 네 명의 무인이 동시에 주진평을 공격해 온 것이다.

주진평이 한 팔을 사용하지 못한다는 것을 인지하고 있었던 것 같았다.

쉬쉬쉭!

주진평은 자신에게 날아오는 검들을 바라보며 인상을 찌푸렸다.

막을 방법이 없었다.

급히 팔을 휘둘러 두 개의 검은 막을 수 있을 것 같지만 나머지 두 개는 몸으로 막아야 할 듯했다.

그럼 뼈아픈 부상을 모면하지 못할 것이다.

'어쩔 수 없다!'

그의 눈빛에 결심이 어렸다.

부상당한 오른팔을 쓰기로 한 것이다.

열화지석과 동조까지는 일으키지 않았지만 팔을 뻗었다.

어떻게든 흘려볼 요량이었다.

콰쾅! 콰쾅!

"컥!"

주진평의 입에서 핏물이 터져 나왔다.

몸은 뒤로 주르륵 밀려나고 있었다.

문제는 허리였다.

적의 경력을 제대로 흘리지 못해 허리가 끝까지 뒤틀려 있었다.

적은 그 틈을 노리고 주진평에게 다가오고 있었다.

이대로 가면 반격을 못해 심각한 부상을 당할 우려도 있어 보였다.

"크큭!"

주진평은 어떻게든 다시 몸을 바로 하려 했다. 이대로 당할 수는 없는 일이 아니겠는가.

지켜야 할 식솔들이 너무 많았다.

주진평은 그들을 지켜야 하는 것이 자신의 임무라고 생각하고 있었다.

하나 더 이상 버티려고 하는 것은 무리였다.

그는 차선책을 선택했다.

타탓!

그는 버티는 것을 포기하고 몸을 공중으로 띄웠다.

그러자 몸이 하공에서 빙글빙글 돌았다. 이어 그는 땅바닥으로 떨어져서까지 온몸으로 굴렀다.

볼썽사나운 모습이었지만 그는 적들의 공격도 피하고 바로 반격할 수 있게 자세도 취할 수 있었다.

바닥을 너무 심하게 굴러 온몸에서 피가 흐르고 있었으나 큰 부상은 면한 것이다.

주진평은 자신에게 다가오는 적들을 날카로운 눈으로 노려보았다.

그들은 살짝 놀란 표정이었다.

설마 이렇게까지 할 것이라고는 생각지를 못한 것이다.

무인들은 바닥에 구르는 것을 상당히 수치라 생각하는 경우가 많았다. 한데 주진평은 그렇지 않았다.

어쩌면 이것은 더욱 위험하다고 할 수 있었다.

어떻게든 살아서 자신들을 공격하겠다는 말이 아니겠는가.

그들은 다시 무기를 힘주어 잡았다.

경시하는 마음은 먼 곳으로 날아간 지 오래였다.

주진평도 몸 상태를 점검하며 빙한지석과의 동조를 더욱

강하게 했다.

의가 사람들의 상황이 어떤지를 알 수가 없었다.

빨리 그곳으로 가야 했다.

그러기 위해선 눈앞의 적들을 처리해야 하는 바, 그는 곧바로 몸을 날리려 했다.

한데 그 전에 그의 귓가로 들려온 날카로운 비명소리가 있었다.

"지, 진평아!"

"……! 누, 누나!"

분명했다.

저 목소리는 주여설의 것이었다.

그 말은 의가 사람들에게 일이 생겼다는 것을 의미했다.

"비켜!"

주진평이 경공을 펼쳐 눈앞에 있는 적들을 비켜가려고 했다.

하지만 그것을 가만히 보고 있을 적들이 아니었다.

쉬익! 쉬익!

그들은 주진평을 향해 검을 휘둘렀다.

주진평은 주먹을 마구 휘둘러 자신을 공격해오는 검들을 모조리 쳐냈다.

마음이 급하기 때문에 진지하게 상대할 마음은 없었다.

그저 이곳을 지나가기만 하면 되었다.

그가 바라는 건 그것 한 가지뿐이었다.

하나 적들은 끝까지 자리를 비켜주지 않았다.

그때, 귓가로 들리는 소리.

서걱!

"크악!"

"……!"

뭔가가 검에 잘리는 소리였다.

누가 당한지는 알 수 없었다.

그러나 당한 사람이 주청학이나 주여설, 주운휘가 될 수도 있는 일이었다.

"크아아악!"

갑자기 주진평이 괴성을 질렀다.

그는 이성을 잃을 정도로 흥분한 상태였다. 가족이 눈앞에서 당한다고 생각하니 더 이상 이성을 끈을 쥐고 있을 수 없었던 것이다.

콰드득!

무언가가 산산조각으로 부서지는 소리가 들렸다.

혈천교의 무인들은 의아하다는 얼굴로 주진평의 왼손을 바라보았다.

거기엔 주진평의 손에 들려 있어야 할 빙한지석이 엉망으로 부서져 바닥에 떨어져 있었다.

그것이 어떻게 부서졌는지는 선명하게 찍힌 손가락 자국

이 모든 걸 알려주었다.

너무 흥분한 나머지 소중한 빙한지석을 부셔버린 것이다.

주진평은 놀란 표정보다는 멍한 표정을 짓고 있었다.

그의 시선은 자신의 왼손에 고정이 되어 있었다.

휘이이잉!

“……?”

혈천교의 무인들은 눈을 동그랗게 떴다.

어디선가 한 줄기 시린 바람이 불어 자신의 볼을 살짝 어루만지고 지나갔다.

그러나 그것을 느꼈을 때, 그들은 극심한 고통을 겪어야 했다.

“크아악!”

갑자기 볼이 찢어져 그곳으로 굵은 피가 흘러나오고 있었다.

피도 오랫동안 흐르지 않았다.

금방 얼어붙어 버렸다.

얼음이 되어버린 것이다.

그들은 깜짝 놀랐다.

누가 공격한다는 느낌을 받은 적이 없었다.

그저 바람을 느꼈을 뿐인데 자신들의 뺨은 찢어져 있었다.

정말 귀신이 곡할 노릇이었다.

하지만 이내 그 차가운 바람의 출처를 알 수 있었다.

바로 주진평의 왼 주먹에서 나오는 것이었다.

마치 눈 속에서 금방 꺼낸 듯 하얗고 깨끗하게 빛나는 주먹.

보는 이로 하여금 탄성을 자아낼 정도로 아름다웠다.

문제는 그 아름다운 주먹은 그들에게 호의적이지 않다는 것이었다.

휘익!

주먹이 허공을 갈랐다.

그것은 눈앞에서 멍한 얼굴을 하고 있는 혈천교의 무인들에게 날아가고 있었다.

“……!”

갑작스런 공격에 그들은 무작정 들고 있던 검을 휘둘렀다.

어떻게든 몸에 맞지 않게 주먹을 막아야 했다.

그렇지 않으면 무슨 일이 일어날 것 같은 불안함을 느꼈다.

하나 주먹을 막았는데도 그 불안감은 현실로 나타났다.

쩌저저적!

검부터 해서 팔까지, 그리고 이내 어깨를 넘어 목까지 모든 게 얼어붙었다.

엄청난 냉기가 그들의 몸을 휘저은 것이었다.

내공으로 그것을 어떻게든 밀어내보려고 했다.

그러나 그들의 힘으로는 무리였다.

도저히 막을 수 있는 수준이 아니었다.

혈천교의 무인들은 딱딱하게 얼어붙은 자신의 상체를 보며 그대로 넋을 잃고 있었다.

그들로서는 처음 보는 말도 안 되는 현상이었다.

"어디에 정신을 팔고 있지?"

"……!"

갑자기 들려온 소리에 혈천교의 무인들은 정신을 차려야 했다.

자신들의 상체를 장악하고 있는 냉기만큼이나 차가운 목소리를 들은 탓이다.

주진평이 그들을 향해 주먹을 휘두르고 있었다.

콰아앙!

쩌저적!

비명은 들리지 않았다.

단지 얼어붙은 주변의 땅들이 엄청난 기파에 금이 가고 있었다.

혈천교의 무인들은 모두 상반신이 산산조각 나 바닥으로 떨어져 내렸다.

차가운 바람에 혈맥조차 모두 얼어버렸는지 피도 흘러나오지 않았다.

단지 이 짧은 시간에 혈천교의 정예 여섯 명이 목숨을 잃었다.

그 장면을 넋을 잃고 보고 있던 두 사람이 있었다.

바로 풍소우와 혈천교의 장로 소대건(蘇大建)이었다.

스윽!

주진평이 고개를 돌려 그들을 바라보았다.

"기다릴 수 있지?"

무슨 뜻임을 한번에 알아챈 풍소우는 잔뜩 흥분한 기색으로 고개를 끄덕였다.

"기다릴 수 있어. 걱정하지 말고 다녀와."

"잠시 후에 보자."

주진평이 발걸음을 옮겼다. 향하는 곳은 의가의 사람들이 있는 곳이었다.

그가 자리를 떠나고 남은 두 사람.

상기되어 있는 풍소우와는 다르게 소대건의 얼굴은 창백하게 변해 있었다.

그는 슬금슬금 뒷걸음치고 있었다.

도망을 치려는 것이다.

풍소우가 그것을 미리 알아채고 말했다.

"어디 가? 못 들었어? 어린 주군이 잠시 후에 보자고 했잖아."

그에 얼굴이 일그러지는 소대건, 그는 풍소우를 향해 온 힘을 다해 덤볐다.

"난 그놈을 보고 싶은 마음이 없다! 기다릴 수 없다고!"

하지만 얼마의 시간이 지나지도 않아 그는 주진평을 다시 만날 수 있었다.

물론 그들의 만남은 소대건이 불안해했던 대로 자신의 죽음으로 끝났지만 말이다.

“……”

모든 상황을 정리한 주진평은 여전히 새하얗게 빛나는 자신의 왼쪽 주먹을 바라보았다.

‘드디어!’

아까 전에는 별 생각이 없었다.

마음이 너무 급했었다.

가족들 걱정에 정신이 하나도 없었었다.

하나 모든 것을 정리한 지금, 그의 몸은 가늘게 떨리고 있었다.

온몸에 청량한 기운이 감돌고 있었다.

남들은 너무도 차갑다고 느낄지 모르지만 적어도 그에게만큼은 더 없이 청량하고 시원했다.

단전과 혈맥에 빙한의 기운이 쉼 없이 흐르고 있었다.

언제 어디서든 마음껏 사용할 수 있을 정도로.

이렇게 마음이 든든할 수가 없었다. 그리고 이렇게 뿌듯할 수도 없었다.

‘이루었다.’

사부님들은 항상 말했었다.

흡력석을 깨뜨렸을 때, 진정한 힘을 얻게 될 것이라고 말이
다.

주진평은 그 말을 딱히 믿지는 않았었다.

멀고도 먼 길이라고만 생각을 했기 때문이다.

그런데 어쩌다 보니 이런 상황까지 오고 말았다.

이렇게 겪고 보니 사부님들이 왜 그런 말을 하는지 알 수
있었다.

'빙한의 기운을 마음먹은 대로 조절할 수 있다.'

평소 같았으면 열화지석과의 균형을 깨뜨릴 수 있기 때문
에 전전긍긍하고 있었을 것이다.

한데 지금은 그럴 필요가 없었다.

기운을 응축해 열화의 기운과 부딪히지 않게 조절을 할 수
가 있었다. 필요하다면 비교적 많이 약한 열화의 기운까지도
장악할 수가 있었다.

물론 그 뒤엔 다시 기를 응축시켜 열화의 기운에게 자리를
내어줬지만 이렇게 마음껏 조절할 수 있게 된 것만으로도 엄
청난 발전이라고 볼 수 있었다.

주진평은 지금 가슴이 더 없이 벅차올랐다.

"진평아, 괜찮아?"

멍하게 서 있는 그가 걱정 되었는지 주여설이 다가왔다.

그녀의 얼굴에 얼룩이 진 것을 보니 눈물을 흘린 것 같았
다.

"누나야말로 괜찮아? 많이 놀랐지?"

주진평은 빙한의 기운을 지웠다.

누나에게는 기운이 못 미치게 조절할 수 있었는데 계속 하얗게 빛나며 얼음이 끼어 있는 왼손을 보면 또 걱정을 할까봐 미리 그런 일을 방지하려는 것이었다.

"아까는 놀랐지만 지금은 괜찮아."

주여설이 아까 비명을 지른 이유는 마검문의 무인이 자신을 보호하려다가 부상을 입고 쓰러졌기 때문이었다.

그녀는 너무 놀랐다. 그리고 미안했다.

모두 자신을 구하기 위해서 그런 것이 아닌가.

더군다나 자신을 공격했던 적은 마검문의 무인을 죽이려 하고 있었다.

다른 동료들이 그를 구하려 했으나 굉장히 위험한 상태였다.

거기서 그녀가 찾을 수 있는 사람은 동생인 주진평 밖에 없었다.

다행히 주진평은 늦지 않게 자신을 찾았다. 그리고 마검문의 무인까지도 구해주었다.

그녀는 동생에게 고마움을 느끼고 있었다.

지금은 어느 정도 진정이 되었는지 그녀의 얼굴엔 다시 혈색이 돌아오고 있었다.

"우리 이제 어디로 가? 아버지께서 물어보라고 말씀하시

네. 이렇게 되었으면 다시 어르신들을 쫓아가야 하는 게 아니
냐고. 약선께서도 두 분 어르신의 건강이 걱정되신데. 요즘
들어 하도 몸을 보여주지 않으셔서 진료 한번 못 했는데 그렇
게 위험하게 돌아다녀도 될지 모르겠다며 걱정이 많으셔."

주여설의 말에 주진평은 잠시 고민에 빠졌다.

한데 벌써 결정은 나 있는 것과 마찬가지였다.

이번 일로 그는 확실히 깨달았다.

의가 가족들은 더 이상 이 일에 끼어선 안 된다는 것을 말
이다.

앞으로 전쟁은 더욱 거칠어 질 게 뻔했다.

또 이런 일이 없다고 장담을 할 수가 없는 것이다.

주진평의 입장으로서는 가족들만큼 다치지 않았으면 하는
게 그의 마음이었다.

"가자. 내가 어른들께 말씀드릴게."

주진평의 결정으로 청수의가 일행들은 마검문으로 계속
움직이게 되었다.

"믿어도 될까?"

마검문에 들어온 주진평은 계속 걱정 어린 얼굴을 했다.

가족들을 놔두고 가려니 뭔가 불안했던 것이다.

"적어도 마검문에서 가장 안전한 곳은 저기가 맞아. 마검
문이 멸문하지 않는 이상, 저곳은 괜찮아."

풍소우가 불안해하는 주진평에게 말했다.

청수의가 일행은 마검문에서도, 검존 한광후의 식솔들과 함께 머물기로 했다.

마검문에서 그곳보다 안전한 곳은 없었다.

해서 풍소우는 믿어도 된다고 말을 하고 있는 것이었다.

이 근래 연이어 위기를 겪어 신경이 쓰였지만 주진평으로서도 안심하고 넘어가는 수밖에 없었다.

그가 보기에도 마검문에서 가장 안전한 곳이 맞았기 때문이다.

"그래, 불안해하면 떠날 수도 없는 노릇이지."

막상 이곳에 도착하니 패왕성으로 떠난 사부 일행이 걱정되었다.

그곳은 지금 폭발하기 직전의 화산과 다를 바가 없었다.

잘못하면 풀 한 포기 남김없이 모두가 죽을 수 있는 곳이었다.

그런 곳으로 사부들이 떠났으니 걱정이 되는 것은 당연했다.

"일단 가보자. 우리가 큰일을 할 수는 없어도 사부님들과 검존 어르신께는 힘이 되어 드려야지. 그 분들 다치시면 우리가 살 수 있겠냐?"

"어린 주군, 네 말이 맞다. 얼른 가보자."

마검문에 지원군으로 나갈 무인들은 벌써 패왕성으로 떠

났다고 했다.

그들도 너무 늦지 않게 그곳에 도착하려면 지금부터 열심히 경공을 펼쳐야 했다.

두 사람 다 지쳤지만 잠시 운기조식을 하는 것으로 다시 힘을 내어 패왕성으로 움직였다.

*　　　*　　　*

"으음……."

패왕성 혈야단주 만엽산은 망루에 서 전방을 바라보았다.

그의 얼굴이 점점 굳어지고 있었다.

먼 곳에서 뿌연 먼지가 피어올랐다.

보고 들은 바대로 혈천교의 무인들이 다가오고 있는 것이었다.

그가 고개를 옆으로 돌렸다.

그곳에는 칠십여 명의 사람들이 모여 있었다.

만엽산은 목이 타는지 옆에 놓아둔 물을 벌컥벌컥 마셨다.

탁!

"어찌 만공향이 이렇게 쉽게 무너질 수가 있는 것인가……."

가슴이 답답했다.

저들은 그냥 일반 무인들이 아니었다.

　단일 세력으론 천하제일이라 불리던 만공향의 정예들이었다.

　비록 좌봉과 우봉 중 한 곳만 온 것이라고 하나 저들 한 명 한 명의 무력은 적어도 대주급 이상이었다.

　그것도 나이 어린 제자들의 기준이었다.

　나이가 많은 어른들은 대부분 각 단의 단주나 장로급이라고 봐도 무리가 없었다.

　그것도 만공향 안에서 자신들끼리 싸우다가 많은 수가 죽어서 그렇지, 만약 멀쩡한 상태로 왔다면 그 수를 감당하는데 골치를 좀 썩었을 것이다.

　"그나마 다행이라 해야 하는 것인가. 어린 제자들이 반수를 넘으니 말이야."

　말은 그렇게 하지만 절대 다행이란 표정은 아니었다.

　혈천교 무인들의 수가 적지 않았다.

　아무래도 많은 사람들이 이번 전쟁으로 목숨을 잃을 것 같았다.

　만엽산으로서는 그것이 안타까웠다.

　그도 질 것이란 생각은 전혀 하지 않고 있었다.

　무림을 성야맹과 양분하고 있는 패왕성이었다.

　절대 약할 리가 없지 않은가.

　더군다나 천망회를 제외한 패왕성을 지탱하는 다섯 곳의 대문파에서 이곳으로 지원군을 보낸 상황이었다.

혈천교의 무인들이 많다고 하나 질 수가 없는 것이다.

하지만 그는 아직 혈천교가 완전한 모습을 드러낸 것이 아니라고 생각하고 있었다.

그것은 느낌이 말해주고 있었다.

언제 저들이 제대로 된 이빨을 드러낼 지도 모르는 상황에서 힘을 합쳐야 할 성야맹의 만공향이 멸문을 해버렸다.

게다가 패왕성은 이런 전쟁을 겪게 되었다.

과연 뒤에 가서 두 세력이 힘을 합쳤을 때, 그들을 상대할 힘이 될까?

워낙 많은 문파들이 혈천교의 세력 아래 들어갔다는 이야기를 들었기에 불안한 마음이 드는 것은 당연했다.

"후우!"

만엽산은 호흡을 크게 쉬며 마음을 가다듬었다.

걱정은 뒤로 하고 일단 닥친 일부터 먼저 처리해야 했다.

뒤가 걱정된다면 이번 전쟁에서 적들에게 뼈아픈 패배를 겪게 하면 되는 일이었다.

그는 투지를 불태웠다.

"성주께 아뢰어라! 적들이 도착했음을 말이다!"

만엽산은 부하에게 명령을 내리고 자신도 망루를 내려갔다.

이제는 적들을 살피는 게 아니라 직접 몸으로 부딪혀야 했다.

그리고 모조리 쓸어버릴 생각이었다.

혈천교고 만공향이고 간에 말이다.

망루 아래로는 만 명에 가까운 무인들이 열을 맞춰 도열해 있었다.

그것만 보아도 흐뭇해지는 것을 느꼈다.

저들이면 혈천교를 충분히 상대할 수 있다는 자신이 생겼다.

뚜벅뚜벅!

별안간 발걸음 소리가 들렸다.

만엽산이 고개를 돌려보니 그곳으로는 패왕성주인 허잔양이 장로들을 비롯한 수뇌부들과 함께 걸어오고 있었다.

그는 허잔양의 얼굴에 어린 자신감을 보았다.

마음이 놓이는 기분이었다.

몸에서 힘이 솟았다.

수장의 모습은 저래야 했다. 그래야 부하들이 더욱 믿고 따르지 않겠는가.

만엽산은 속으로 확신했다.

'오늘 혈천교, 네놈들은 패왕성의 무서움을 뼈저리게 느끼게 될 것이다!'

그는 자신의 도를 힘주어 잡았다.

준비는 끝났다.

이제 피 터지게 싸우는 일만 남았다.

패왕성의 모든 무인들이 의지를 다지고 있었다.

＊　　　＊　　　＊

채채챙!

도검이 난무했다.

검존은 주변을 둘러보며 인상을 찌푸렸다.

"이놈들이 단단히 마음을 먹었구나……."

예상했던 것보다 훨씬 많은 수의 적들이 몰려왔다.

거기엔 장로도 다섯 명이나 포함 되어 있었다.

그는 장로의 무공 수준을 어느 정도 알고 있었다.

자신과 싸웠던 종리순을 통해 느끼지 않았던가.

그가 혈천교에서 어느 위치에 있는지는 모르지만 강했었
다.

방심할 수 없을 정도로 상당한 무공을 지니고 있었다.

한데 만약 눈앞에 있는 모든 장로들이 그 정도 수준이라
면…….

생각만으로도 머리가 지끈거렸다.

더군다나 자신은 부상 중이지 않던가.

약선이 치료를 했기에 빠른 회복을 보이고 있다고는 하지
만 아직 완전히 나은 것은 아니었다.

검존은 자신도 모르게 뒤편에 서 있는 용악군과 좌천패를

보았다.

두 사람은 그저 뒷짐을 지고 적들을 살피고 있었다.

얼굴에 긴장한 기색은 전혀 보이지 않았다.

'도대체 이 상황에 어찌 저리도 침착한 것인지…… 정말 인생에 미련이 없는 것일까?

그도 풍소우에게 들어 알고 있었다.

용악군과 좌천패는 현재 내공이 거의 없다고 했다.

모두 흡력석을 통해 주진평에게 주었다고 하지 않았던가.

그래도 저들은 한 때 무수한 실전 경험을 치른 최고의 고수들, 아예 못 싸울 것이란 생각은 들지 않았다.

문제는 장로들을 상대할 수준이 되느냐는 것이었다.

만약 그게 가능하지 않으면 오늘 이 자리에서 살아나가기 힘들 것이다.

밀려오는 무인들의 수가 많은 것뿐만 아니라 장로들까지 많으니.

검존의 머릿속에선 불길한 생각이 떠나지를 않았다.

"조금 실망이긴 하지만 그래도 사람을 좀 보내기는 했네. 저놈들이 우릴 이렇게 만든 놈들이란 말이지? 큭큭!"

용악군은 웃음이 나왔다.

고생을 했었다. 말도 안 될 정도의 좌절을 맛보았었다.

그것이 모두 이놈들로 인해 생긴 일이었다.

용악군의 이마 위로 힘줄이 돋아났다.

"뼈째 씹어 먹어도 시원찮을 새끼들!"

그런 반응은 좌천패 역시도 다르지 않았다.

"그렇지. 이놈들 때문에 고생을 많이 했었지. 허허…… 정말 웃음밖에 나오지 않네."

저벅저벅!

갑자기 좌천패가 마검문의 무인들과 싸우는 혈천교 무인들에게로 발걸음을 옮겼다.

그의 눈에서는 차가운 살기가 흘러나오고 있었다.

혈천교 무인들도 좌천패가 다가오고 있다는 것을 감지했는지 몸을 긴장시켰다.

보통 사람들이 아니라는 말을 들었기 때문이다.

"네놈들 오늘 모두 살아 돌아갈 생각 따윈 하지 말거라."

좌천패가 코앞까지 다가와 협박을 하자 혈천교의 무인들이 몸을 움직였다.

"아직 상황 파악이 안 되나? 닥치고 뒈져라!"

타탓!

동시에 다섯 명이 좌천패를 노리고 검을 들었다.

그를 보면서도 좌천패는 전혀 긴장한 얼굴이 아니었다.

쉬익!

그가 손을 뻗었다.

그저 아무렇지도 않게 뻗은 가벼운 손놀림이었다.

한데 덤벼들던 사람들에게는 아니었다.

“헉!”

보면서도 피할 수가 없었다. 아니, 피하려고 노력해도 벗어날 수 없다는 생각이 단번에 들었다.

그 정도로 좌천패의 손을 날카롭게 다가왔다.

덥석!

좌천패는 한 무인의 멱살을 잡았다. 그리고 바로 옆에 있는 적에게 집어던졌다.

노인의 몸으로 어찌 이런 힘을 낼 수 있는지 궁금할 정도였다.

퍼억!

“크아악!”

“컥!”

부딪힌 두 사람의 입에서 동시에 비명이 터져 나왔다.

충돌의 여파가 엄청났다.

두 사람이 부딪힌 부분은 엉망으로 부서져 버렸다.

날아간 사람은 어깨 전체가 내려앉았고 당한 사람의 가슴은 움푹 함몰되어 있었다.

그들은 순식간에 전투불능 상태가 되어 버렸다.

나머지 혈천교 무인들도 다를 게 없었다.

좌천패는 그들의 움직임을 미리 예측하고 있었다. 적들이 어디로 가더라도 손은 그들의 앞을 가로막고 있었다.

혈천교 입장에서는 속수무책이었다.

방법이 없어 보였다.

결국 더 많은 사람들이 덤벼들 수밖에 없었다.

좌천패가 모두에게 손을 쓸 수 없을 정도로 말이다.

그 순간, 용악군이 움직였다.

"나도 있다. 이놈들아!"

퍼억!

용악군의 손속은 좌천패와 달랐다.

그가 손을 한번 움직일 때마다 혈천교 무인들의 가슴은 구멍이 뚫렸다.

용악군이 그들의 심장을 무참히 터뜨려버린 것이다.

혈천교 무인들은 겁에 질릴 수밖에 없었다.

그들로서는 저 두 사람을 상대하기에 역부족이었다.

그를 본 장로들이 드디어 몸을 움직였다.

"역시 한 때 중원 최고의 무인이라 불린 사람들답게 제법이구려. 한데 이거 좀 미안하게 되었소. 우리는 저놈들과 달라 보이는 게 있어서 말이오."

가장 선두에 선 장로가 자신의 검을 들었다.

웅웅웅!

그러자 눈부시게 빛나는 검강이 생겨났다.

장로의 얼굴에 미소가 어렸다.

"보아하니 몸이 정상적인 상태가 아닌 것 같구려. 그렇게 진기의 흐름이 불안정해서야 이런 강기를 받아낼 수 있겠소?"

뒤이어 나오는 장로 네 명의 검에도 검강이 어렸다.

그를 본 검존의 얼굴에 어두운 기색이 떠올랐다.

'역시!'

강자들은 당연히 알아볼 수밖에 없을 것이다.

용악군과 좌천패의 몸 상태가 완전하지 않음을 말이다.

두 사람의 몸속에 흐르는 진기의 양은 정말 보잘 것 없는 수준이었다.

강자들에겐 통하지 않는다는 말이었다.

기세등등한 혈천교의 장로들을 보면서도 좌천패와 용악군의 얼굴엔 변화가 없었다.

그들은 그저 뭔가를 구경하는 사람처럼 멀뚱히 적들을 바라보고 있었다.

"그렇게 숨기려 해보았자 소용없소. 이제부터 붙어보면 알 테니 말이오!"

탓!

선두에 선 장로가 바닥을 박차자 나머지 사람들도 동시에 몸을 띄웠다.

그들은 정확히 두 사람에게 달려갔다.

그것을 두고 볼 수만은 없었던 검존이 그들 곁으로 다가왔다.

강자들의 전투가 시작되려 하고 있었다.

하나 그것은 쉽지 않아 보였다.

갑자기 등장한 일단의 무인들이 있었기 때문이다.

타탓!

갑자기 붉은 무복을 입은 자들이 혈천교의 무인들을 공격하기 시작했다.

그 수가 상당히 많아서 혈천교의 무인들은 순간 당황했다.

도대체 이들이 어디서 나타났다는 말인가.

하지만 무복이 그들의 정체를 알려주고 있었다.

자신들이 싸우고 있던 마검문 무인들의 무복과 같았던 탓이다.

등장한 것은 그들 뿐 만이 아니었다.

"맹주님!"

"성주님!"

두 사람이 좌천패와 용악군의 옆으로 내려섰다.

그들은 장청일과 추인혼이었다.

사천에 있어야 할 사람들이 이곳에 나타난 것이었다.

"네놈이 어쩐 일이냐? 내 진평이에게 듣기론 따로 할 일이 있다고 하던데."

용악군이 장청일을 바라보며 말했다.

그에 장청일이 웃었다.

"일단 이놈들부터 쓸어버린 다음에 말씀 드리겠습니다. 타앗!"

장청일은 대답도 듣지 않고 적들에게 선제공격을 가했다.

　혈천교 장로들의 얼굴은 아까와 다르게 조금 어두워져 있었다.

　갑자기 어디선가 지원군이 나타났다.

　그리고 한 눈에 보아도 하수가 아닌 자들도 두 사람이나 나타났다.

　'다른 놈이 또 있는 거 아냐?'

　그들로서는 궁금해 하는 게 당연했다.

　하나 장청일은 그에 대한 답을 주지 않았다.

　그저 자신의 흑색 창을 휘둘러 적들을 압박할 뿐이었다.

＊　　　＊　　　＊

　"헉!"

　"이, 이게 어떻게 된 일이야?"

　풍소우와 주진평은 벌어진 입을 다물지 못했다.

　그들의 얼굴에는 당황한 기색이 역력했다.

　믿을 수 없는 일이 일어났기 때문이었다.

　"정말이야? 정말로 진 거야?"

　두 사람의 눈앞에는 정신없이 물러나는 패왕성의 무사들이 보였다.

　그 선두에는 만엽산의 모습 또한 보였다.

　패왕성 안에 있어야 할 사람들이 어찌 바깥에 있는 것인가.

그것도 정신없이 도망치면서 말이다.

두 사람은 이 현실을 믿을 수가 없었다.

패왕성이 무너졌다.

패왕성의 곳곳에는 혈천(血天)이라 새겨진 깃발이 꽂혀 있었다.

무림의 양대 산맥 중 한 곳이 자신들의 터전을 잃은 것이었다.

"그, 그럼 사부님들은? 그 분들은 어떻게 되셨어?"

주진평은 정신없이 패왕성 무사들을 살폈다.

하지만 보이지 않았다.

이곳에 왔을 게 분명한 좌천패와 용악군이 보이지 않았다.

그의 얼굴에 불안함이 어렸다.

"어, 어서 가보자!"

주진평의 말에 두 사람은 얼른 만엽산이 있는 곳으로 뛰어갔다.

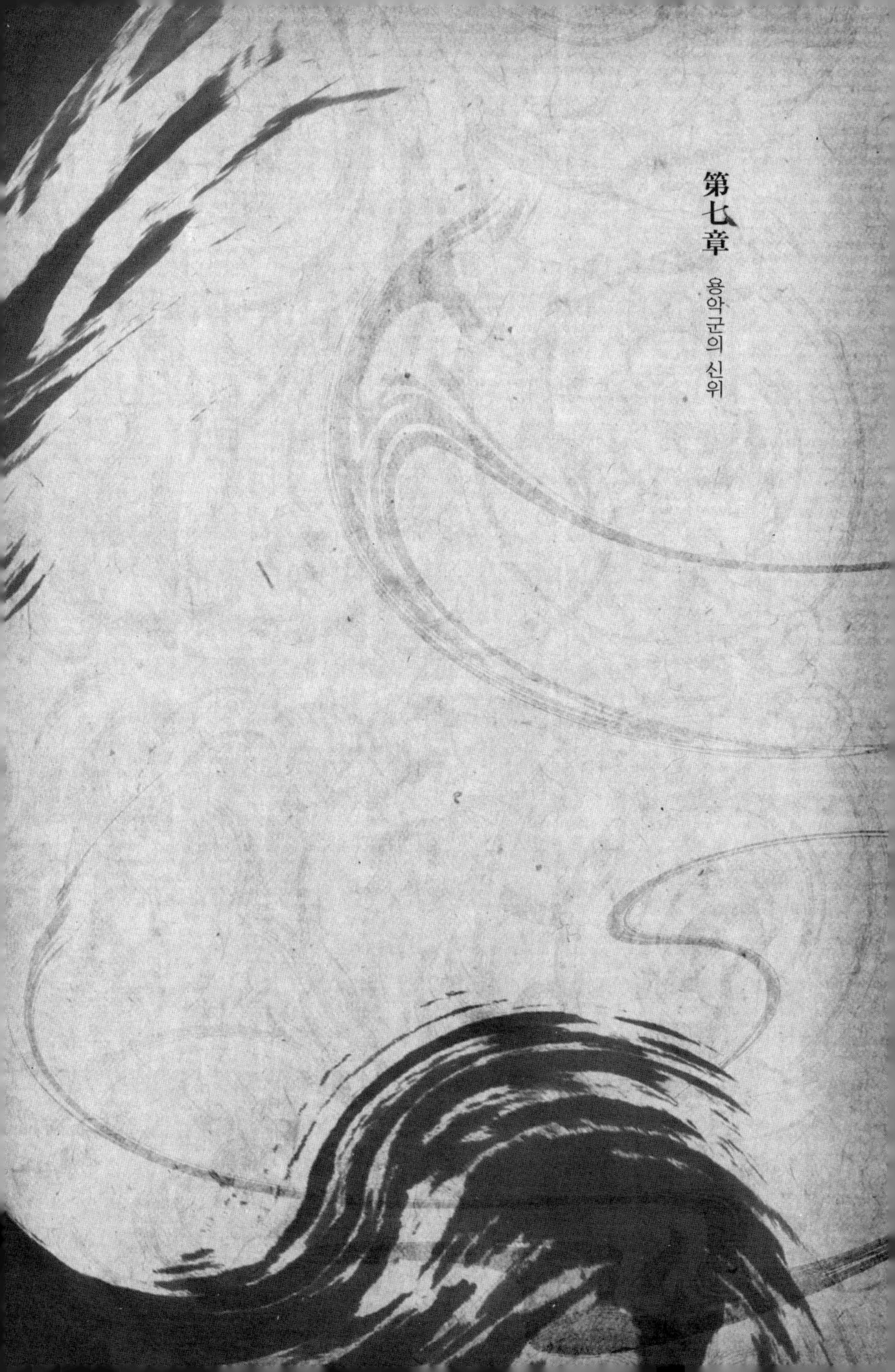

第七章
용악군의 신위

"적절한 때에 와주었구나. 정말 너희들의 도움이 없었으면 큰일 날 뻔했다. 한데 어찌 이곳으로 오게 된 것이냐?"

검존은 자신의 부하들을 바라보며 흐뭇한 표정을 지은 채 물었다.

마검문에서 온 무인들의 수는 상당했다.

그들은 만반의 준비를 갖추고 왔는지 혈천교의 무인들을 무서울 정도로 압박했다.

더군다나 장로들을 압박할 정도로 성장한 장청일과 추인혼까지.

혈천교로서는 물러설 수밖에 없었다.

반드시 좌천패와 용악군을 죽이겠다고 왔지만 그것은 어디까지나 자신들이 우위에 있을 때 이야기였다.

자신의 목숨이 위험한데 어찌 저들 두 사람에게 집중을 할 수 있단 말인가.

그리고 한 가지 소식 또한 날아들었기 때문에 그들은 미련 없이 후퇴를 할 수가 있었다.

비록 좌천패와 용악군을 죽이지 못해 아쉽기는 했으나 그렇게 신경 쓰지 않아도 될 상황이 된 것이다.

검존의 물음에 마검문의 장로 한 명이 입을 열었다.

"소우 그놈이 본문에 도움을 요청했었습니다. 빨리 무인들을 보내달라고 말입니다. 그래서 정신없이 부하들을 이끌고 나왔지요. 소우가 문주와 함께 있는 걸 알고 있었잖습니까. 그리고 옆에 이 두 사람은 오는 길에 우연히 만났을 뿐입니다."

"허면? 소우 그놈은 어찌 되었나? 무사히 본문으로 갔는가?"

"도와주러 미친 듯 뛰어갔더니 벌써 상황을 정리했더이다. 주진평이란 친구가 깨달음을 얻어서 해치울 수 있었다고 하더군요."

"허어! 깨달음? 그렇게 위급한 상황에서?"

검존이 놀란 얼굴을 하며 뒤로 고개를 돌렸다.

뒤편에 서 있던 좌천패와 용악군은 흐뭇한 미소를 짓고 있었다.

그들은 어떤 일이 생겼는지 어느 정도 예상을 하는 것 같았다.

"그놈이 드디어 성공을 했군. 우리가 제자 하나는 잘 둔 것 같네 그려."

좌천패가 옆을 바라보며 말하자 용악군이 살짝 인상을 찌푸렸다.

"정확히 어떤 쪽으로 깨달음을 얻었는지 모른다. 이놈, 만약 저놈 것을 먼저 얻었다면 가서 가만두지 않을 테다!"

"허허! 이 사람 성격하고는."

두 사람은 즐거운 듯 웃으며 말다툼을 벌였다.

주변에 있던 사람들은 영문은 모르나 덩달아 웃을 수밖에 없었다.

같은 편인 사람이 강해졌다면 그것으로 좋은 게 아니겠는가.

앞으로 있을 전투에 엄청난 도움이 될 테니 말이다.

그렇게 사람들이 두런두런 이야기를 나누고 있을 때였다.

타탓!

갑자기 발걸음 소리가 들리더니 한 곳에서 무인이 창백한 얼굴을 하고 달려오고 있었다.

발걸음에서 급박함이 절로 느껴졌다.

사람들의 표정에 의아함이 어릴 수밖에 없었다.

"뭐, 뭣이라!"

좌천패의 얼굴이 충격으로 물들었다.

믿을 수 없는 이야기를 들었다.

패왕성의 패배.

패왕성의 무인들은 지금 마검문으로 후퇴하고 있다고 했다.

"어, 어찌 이리도 허무하게 무너진 것인가? 전투를 벌인지 반나절도 되지 않았을 것인데!"

좌천패의 언성이 높아질 수밖에 없었다.

패왕성에 있는 무사들만 하더라도 적들에게 질 정도는 아니었다.

적어도 그는 싸울 만 하다고 생각하고 있었다.

더군다나 다른 문파에서도 지원군이 오고 있지 않았는가.

밀리더라도 이를 악물고 버텼으면 충분히 이길 수 있었을 것이다.

한데 이렇게 무너졌다니.

이것은 말이 안 되는 소리였다.

소식을 전하던 마검문 무인의 몸이 떨렸다.

그는 아주 흥분한 모습이었다.

마검문 지원군의 일원으로 패왕성에 도착하자마자 충격적인 장면을 보았었다.

아직 그에 대해 할 말이 있었다.

그것을 좌천패는 한 눈에 알아보았다.

"말해보아라! 무슨 일이 있었던 것이냐!"

그의 다그침에 무인은 힘겹게 입을 열었다.

"패왕성은 적들을 상대하며 조금도 밀리지 않았습니다. 비록 공격이 거세기는 했으나 질 정도는 아니었습니다. 그때, 생각지 못한 일이 벌어졌습니다."

꿀꺽.

무인은 목이 타는지 마른 침을 삼킨 후 말을 이었다.

"패왕성 안에 배신자가 있었습니다. 그들이 최선을 다해 싸우던 패왕성 무인들의 뒤통수를 공격한 겁니다. 설마 그런 일이 있을 거라고 누가 생각이나 했겠습니까? 그 뒤로는 속수무책이었습니다."

적들에게 온 신경을 집중하는 사이 다가온 동료가 등 뒤에서 칼로 찌른다면 고수라 하더라도 방법이 없었다.

하물며 일반 무인들은 어떨까?

그리고 그로 인해 생겨난 혼란은 누가 어떻게 다스릴 것인가?

누가 적이고 누가 아군인지를 알 수가 없었다.

방법은 한 가지였다.

도망치는 수밖에.

적어도 도망치는 사람들은 아직 변심하지 않은 패왕성의

무인들이지 않겠는가.

이야기를 듣는 것으로 모든 상황을 떠올린 좌천패의 몸이 부들부들 떨렸다.

그는 화를 감추지 못했다.

"배신이라니, 배신이라니! 누구냐? 도대체 어떤 놈이 그런 짓을 벌인 것이냐!"

쩌렁쩌렁!

"큭!"

주변에 있던 웬만한 사람들은 신음을 흘리며 귀를 막았다.

외침 속에 엄청난 내공이 담겨 있었다.

거의 모든 내공을 잃은 좌천패가 설마 이런 모습을 보일 것이라곤 그 누구도 예상을 하지 못했다.

잠시 정신을 못 차리던 무인은 등으로 전해지는 따뜻한 기운에 겨우 몸을 가눴다.

등 뒤에서는 검존이 그에게 진기를 불어넣어 주고 있었다.

"침착하게 이야기하거라. 중요한 일일수록 더 말이다."

"네."

검존의 말에 무인은 크게 고개를 끄덕인 후 심호흡을 했다.

어느 정도 가슴이 가라앉자 그는 좌천패를 바라보았다.

"배신자는 다름 아닌 허잔양이었습니다."

"허, 허잔양!"

모두가 충격에 빠졌다.

허잔양이라면 현 패왕성주의 이름이 아닌가!

"허잔양…… 허잔양이라고?"

놀라기는 좌천패도 마찬가지였다.

그래도 그가 패왕성주로 올라 잘 꾸려 나가고 있다고 생각을 했었다.

마음속으로 다행이라 생각했었단 말이다.

한데 그랬던 그가 배신을 했다니.

성주가 배신을 했다면 다른 사람들로서는 속수무책이었을 것이다.

도대체 누굴 믿어야 하고 누구의 말을 따를 것인가.

게다가 성주라는 작자가 사람들을 끌어 들였다면 어느 선까지 혈천교에 가담했을지 알 수가 없는 일이었다.

설사 혈천교에 밀리지 않았다고 해도 무인들로서는 패왕성을 지키기가 힘들었을 것이다.

'혹시!'

갑자기 좌천패의 뇌리를 스치고 지나가는 것이 있었다.

그것은 오년 전의 일이었다.

패왕성을 자멸까지도 이끌어갈 수 있었던 괴이한 병, 그것을 퇴치하기 위한 방법을 말해준 것이 바로 허잔양이었다.

그가 자신과 용악군을 싸우게 만들었던 장본인이란 말이었다.

설마 하면서도 그를 최대한 의심하지 않으려 했었다.

그만큼 헌신적으로 패왕성의 일에 나서는 것을 보았기 때문이다.

하지만 오늘로서 모든 것이 적나라하게 드러났다.

모든 원흉은 허잔양이었다.

그가 자신과 패왕성을 가지고 논 것이었다.

"으으으……."

좌천패의 몸이 쉴 새 없이 떨렸다.

그는 분노를 참기 위해 최선을 다하는 모습이었다.

주변에 있던 사람들은 불안한 시선으로 그를 바라보고 있었다.

혹시 저러다가 잘못되는 일이라도 있어서는 안 될 것이 아닌가.

그 정도로 좌천패가 받은 충격이 클 것이라는 것을 사람들은 알고 있는 것이다.

잠시 후,

"후우……!"

좌천패는 심호흡을 하며 감정을 삭였다. 흥분만 해서 될 일이 아니라는 것을 스스로 깨달았다.

지금 자신 못지않을 충격을 받고 갈피를 못 잡을 부하들이 생각났다.

빨리 그들을 만나 마음을 달래주어야 했다.

"패왕성으로 갈 필요는 없을 것 같네. 이 인원이 간다고 어

찌 할 수 없는 일이 아니겠나. 우리 모두 마검문으로 가세
나.”

그가 용악군을 바라보며 말했다.

용악군 역시도 패왕성에 볼 일이 있었던 사람이었다.

지금 그곳에 만공향의 사람들이 있지 않던가.

의사를 물어보아야 했다.

“난 패왕성으로 간다. 가서 그놈들을 꼭 보아야겠다.”

“가서 어쩌겠다는 말인가? 자네가 간다고 해서 달라질 것
은 없다네. 벌써 일을 저질러버린 상황이네. 자네가 간다고
해서 만공향을 배신한 자들이 마음을 돌리겠는가.”

“걱정마라. 무리할 생각은 전혀 없다. 사고도 치지 않을 거
다. 단지 그놈들을 상판을 보고 싶을 뿐이다. 그것만 하고 마
검문으로 돌아갈 테니 먼저 가 있어라.”

“으음!”

용악군의 말에 좌천패는 마음에 들지 않는다는 표정을 지
었다.

지금 이 상황에 가서 뭘 어쩌겠다는 말인가.

‘그래도 저렇게 말했으면 정말 무리는 하지 않을 테지.’

용악군, 자신이 벌써 내뱉어 버린 말이었다.

아무리 그가 돌발적인 행동을 많이 한다고 하지만 무리하
거나 약속을 지키지 않는 것은 아니었다.

그도 돌아가는 분위기를 확실히 인지하고 있었다.

상황이 좋지 않다는 것도 알고 있었다.

패왕성주까지 혈천교의 사람이라고 했다. 만공향의 일도 어느 정도 이해할 수 있는 수준인 것이다.

"반드시 사고치지 말고 와야 하네. 이 모든 사람들 앞에서 약속을 한 것이니 말일세."

"알았다고!"

용악군은 버럭 소리를 지르곤 패왕성이 있는 곳으로 발걸음을 옮겼다.

검존을 비롯해 모든 사람이 그의 등을 보고 걱정스런 눈을 하자 장청일이 나섰다.

"걱정 마십시오. 제가 따라가서 잘 모시겠습니다."

"그래. 너라도 가서 사고치지 못하게 좀 만들어라."

"네, 그럼 가보겠습니다."

그제야 좌천패는 한숨을 놓을 수 있었다.

장청일이 따라간다면 용악군도 마음대로 하지 못할 것이다.

그래도 장청일은 용악군이 진심으로 아끼는 사람 중 한 사람이지 않던가.

"그럼 우리도 빨리 마검문으로 가보세."

좌천패는 사람들을 둘러보며 말했다.

분명 혈천교의 무리들을 쫓아 보냈기에 즐거워야 할 분위기였다.

하지만 마검문으로 향하는 사람들의 발걸음은 무겁기 그지없었다.

*　　　*　　　*

"어? 저 사람 뭐야?"

패왕성의 망루에서 주변을 둘러보던 한 혈천교 무인이 눈을 동그랗게 떴다.

두 사람이 패왕성으로 걸어오고 있었다.

한데 복장을 보아하니 두 사람 다 혈천교와 전혀 상관이 없어 보였다.

아직 중원 전체에 소문이 나지 않았다곤 하지만 패왕성 근방에 있는 문파들의 귀에는 혈천교의 소식이 들어갔을 것이다.

자신들이 이곳을 빼앗았음을 모르는 사람이 없을 게 분명했다.

한데 두 사람은 당당하게 이곳으로 걸어왔다.

혈천교 무인으로서는 이해할 수 없는 상황이었다.

"뭐야? 그냥 미친놈들인가?"

그는 눈을 부릅뜨고 도대체 어떤 간 큰 인간들인지 얼굴을 제대로 살피려 했다.

혹시나 혈천교에 귀속된 다른 문파일지도 모르니 그것은

어절 수 없는 일이었다.

한데 그러다 무심코 두 사람 중 노인과 눈이 마주쳐 버렸다.

"헉!"

순간 심장이 멎는 줄 알았다.

두 눈에 가득한 살기를 느낀 것이다.

"어, 어찌……."

무인은 몸을 떨었다.

자신이 느낀 것은 여느 사람들이 흘리는 살기와는 차원이 달랐다.

뼈 속까지 한기를 느끼게 하는 지독한 살기.

그는 혈천교의 웬만한 고수들을 만나서도 이 같은 살기를 느껴본 적이 없었다.

무인의 눈은 정신없이 흔들리고 있었다.

"보, 보고해야겠어."

자신만 알고 넘어갈 일이 아니었다.

저자가 정문까지 당도한다면 어떤 일을 벌일지 알 수가 없었다.

사달이 나기 전에 상부에 보고하는 것이 보초를 서고 있는 그가 할 일이었다.

"저놈들이냐?"

"네!"

무인의 우렁찬 목소리에 망루로 올라온 혈천교주의 제 일 제자 곡운성과 허잔양은 패왕성 앞에 있는 광장을 보았다.

보고대로 그곳에는 정말 두 사람이 서 있었다.

두 사람의 얼굴을 살피던 곡운성은 노인의 옆에 있는 젊은 청년을 보곤 미소를 지을 수밖에 없었다.

"이곳이 네가 알던 대로 패왕성인 줄 알고 찾아온 게냐? 아니면 죽고 싶어 이곳까지 일부로 온 것이냐?"

그는 장청일의 얼굴을 기억하고 있었다.

일 개월 전까지만 하더라도 사천에서 만나지 않았던가.

기억을 하지 않으려고 해도 안 할 수가 없었다.

나름 심혈을 기울여 했던 일이 완전히 망가지지 않았던가.

곡운성은 오히려 잘 되었다고 생각했다.

아무런 생각도 하지 못하고 이곳에 온 것 같은데 복수를 할 수 있을 거라 여기고 있었다.

"저놈을 죽이면 주진평, 그놈이 분노할 게 분명하지."

좋은 계기를 만들 수 있을 것 같았다.

그는 부하들로 하여금 장청일을 잡아오라는 명령을 하려 했다.

그 순간, 허잔양이 곡운성을 말렸다.

"일 공자, 그러지 않는 게 좋을 것 같네."

"허 장로님, 그게 무슨 말입니까?"

곡운성은 허잔양을 허투루 대하지 않았다.

허잔양은 혈천교의 이 장로, 그의 위치는 곡운성이라고 하더라도 함부로 대할 수 있는 것이 아니었다.

"그 사람이네. 전대 성야맹주."

"전대 성야맹주? 혹, 용악군이란 말입니까?"

"그러하네."

허잔양은 용악군의 얼굴을 알고 있었다.

그래서 곡운성을 말리고 있는 것이었다.

하지만 곡운성은 더욱 이해를 못하겠다는 얼굴이었다.

"저자가 용악군이라면 더욱 처리를 해야 하지 않겠습니까? 무공을 거의 잃은 것 같다는 보고가 올라왔습니다. 더 이상 저희가 두려워할 필요가 없는 사람입니다."

"하지만 이상한 점을 느끼지 못했는가?"

"네?"

허잔양이 무엇을 말하는지 알 수가 없었다.

이상한 점을 어디에서 찾아야 한다는 말인가.

"좌천패가 보이지 않네. 항상 붙어 다니는 인물들이 없다는 말이지. 만약 일 공자 말대로 용악군이 무공을 거의 잃었다면 저 둘만 왔을까? 설마 그냥 죽고 싶진 않을 게 아닌가."

"……."

틀린 말이 아니었다.

곡운성은 갑자기 갈등이 생겼다.

두 사람이 대화를 나누는 사이,

저벅저벅.

용악군이 망루가 한 눈에 보이는 위치까지 걸어왔다.

그는 조용히 입을 열었다.

하나 목소리만큼은 모두의 귀에 또렷이 들릴 정도로 크게 들렸다.

"현재 만공향을 이끌고 있는 사람을 불러라."

"으음……."

용악군의 말을 들은 허잔양의 얼굴이 굳었다.

만공향에 관련된 사람을 부르라고 해서 그런 것이 아니었다.

목소리가 너무도 중후했다.

그 안에 담겨진 내공도 상당하다는 것을 확인할 수 있었다.

'저자가 정말 내공을 잃었다는 자가 맞는가?

여러 사람들이 판단을 했다고는 하지만 눈으로 보면서도 믿겨지지가 않았다.

그의 경각심은 더욱 올라가고 있었다.

타탓!

누군가가 바닥을 박차며 경공을 펼치는 소리가 들렸다.

곡운성과 허잔양이 밑을 바라보니 노인 한 명이 혼비백산해서 망루로 올라오고 있었다.

그는 망루에 올라 바로 용악군을 바라보았다.

"……! 지, 진짜 살아 있잖아! 목소리를 듣고도 설마 했었는 데……."

그의 얼굴을 파랗다 못해 검은색으로 물들었다.

용악군이 진짜 살아 있음을 두 눈으로 확인했기 때문이었다.

"호방(胡邦)…… 네놈이 왜?"

새로이 등장한 사람을 본 용악군의 눈이 흔들렸다.

생각지 못한 사람이었다.

설마 저자가 대표로 자신 앞에 나타날 줄이야.

호방은 용악군이 이끌던 만공향의 우봉에서도 제대로 대접을 받지 못하던 사람이었다.

생각이 편협하고 주변을 생각할 줄 몰랐다.

정의를 좋아하는 만공향에는 어울리지 않는 사람이라고 해야 했다.

그래도 용악군, 그가 있을 때는 진실 되게 행동을 하며 따랐기에 멀리하지는 않았었다.

한데 어찌 저자가 지금 우봉의 그 많은 사람들 중에서 대표로 자신 앞에 나설 수 있다는 말인가.

다른 사람들이 절대 그리 놓아두지는 않았을 것이다.

하지만 추가로 망루에 오르는 사람은 없었다.

용악군은 참지 못하고 소리를 질렀다.

"네놈들이 이럴 줄이야. 정말 뼈 속까지 썩었구나!"

호방은 그와 눈도 마주치지 못했다.

"어, 어서 저자를 죽여주시오. 확실히 약속하지 않았소. 저자가 내 눈앞에 나타나지 않게 만들어주겠다고 말이오."

그는 곡운성에게 간곡히 말하고 있었다.

잔뜩 겁을 먹은 모습이었다.

곡운성은 그를 진정시켰다.

"괜찮소. 저자가 우릴 어쩌지는 못할 것이오. 보시오. 밑에서만 저러지 아무런 행동도 못하지 않소. 미리 확인을 했소이다. 무공 또한 모두 잃었음을 말이오."

"그래도 안 되오! 저자가 그들 앞에 나타나서는 안 된단 말이오. 확신할 수 있소? 그들이 흔들리지 않을 거라고? 저자에 대한 신망이 굉장히 컸던 자들이오."

"확신할 수 있소. 모든 것이 완성된 상태이니. 그리고 저렇게 힘도 없는 자가 나타난다고 해서 달라질 것은 아무것도 없소. 마음을 놓아도 될 것이오."

"그, 그렇지만……."

호방은 여전히 안심 되지 않는 듯했다. 그의 이마로는 식은 땀이 연신 흘러내리고 있었다.

그 정도로 그의 마음에 자리 잡고 있던 용악군은 무서운 사람이었다.

그들이 이런저런 이야기를 하고 있을 때였다.

쐐액!

별안간 공간을 꿰뚫는 날카로운 파공음이 들렸다.

"……!"

망루위에 있던 사람들은 놀라 소리가 들린 쪽으로 고개를 돌릴 수밖에 없었다.

그곳에는 긴 창이 망루를 향해 쏜살같이 날아오고 있었다.

용악군이 자신의 등 뒤에 메고 있던 창이었다.

그것을 본 곡운성이 미소를 지으며 말했다.

"두 눈으로 보시오. 저자가 얼마나 보잘 것 없게 변했는지 말이오."

호방의 마음을 안심시킬 좋은 기회였다.

타탓!

그는 바닥을 박찼다. 그리고 망루를 향해 날아오고 있는 창 쪽으로 몸을 던졌다.

덥석!

그는 자신 있게 창을 잡았다.

불안해하고 있는 호방에게 용악군이 모든 힘을 잃었음을 확인시켜 주기 위한 움직임이었다.

하지만 그의 얼굴은 순식간에 일그러졌다.

손에서 느껴지는 힘은 그가 생각한 것 이상이었다. 뿐만 아니라 마치 끓어오르듯 뜨거운 열기까지 느껴졌다.

"큭!"

곡운성은 창대를 쥔 채로 뒤편으로 날아갔다.

방심을 한 나머지 용악군의 창을 제대로 막지 못한 것이었
다.

"이, 이런!"

허잔양도 놀란 얼굴이었다.

설마 곡운성이 그것을 막지 못할 거라곤 생각을 하지 못했
다.

곡운성의 뛰어난 무위는 그도 인정하고 있었기 때문이다.

콰앙!

창은 엄청난 굉음을 흘리며 망루의 기둥 한 곳에 꽂혔다.

그 순간까지 곡운성은 일그러진 얼굴로 창대를 잡고 있었
다.

콰르르르!

망루가 무너져 내렸다.

허잔양은 급히 진기를 풀어내어 주변일대를 보호하려 했
다.

콰콰쾅!

망루는 바닥으로 무너져 엉망이 되어버렸다.

다행히 인명 피해는 없었다.

다른 사람들 모두 허잔양이 만들어 낸 기막(氣幕) 안에 있
었던 것이다.

"허어!"

곡운성을 정신을 차릴 수가 없었다.

분명 내공이 없다는 보고를 받지 않았던가. 그러나 드러난 현상을 상상을 초월했다.

오죽했으면 그가 잡으려고 하는 것도 실패해 망루까지 부서뜨렸을까.

창에 실린 위력은 그 정도로 강하다는 말이었다.

정신을 차리지 못하고 있는 그들의 귀로 용악군의 목소리가 또렷이 들렸다.

"우봉의 모든 놈들에게 전하거라. 전쟁터에서 내가 보이면 멀리 도망가라고 말이다. 난 배신한 자들을 가만히 둘 정도로 착한 사람이 아니니까."

"히익!"

호방은 기겁하며 몸을 부르르 떨었다.

그는 용악군이 죽었다고 생각하고 있었다.

사람들 사이에서도 그런 소문이 퍼지지 않았던가.

"저 사람은 다른 사람들과 달라. 저, 정말 무서운 사람이란 말이야……."

호방은 연신 무섭다는 말을 중얼거렸다.

편협하다고는 하나 만공향의 일원으로서 한 때는 정말 믿고 따랐던 사람이 용악군이었다.

그래서 그가 얼마나 무서운 지를 알고 있었다.

한데 그가 죽었다는 소문이 돌자 갑자기 온몸에 힘이 빠졌다. 의욕도 생기기 않았다.

그리고 자신을 괴롭히는 사람들이 생겨났다.

평소 다른 사람들은 그를 곱게 보지 않았다는 말이었다. 그러니 이렇게 용악군이 사라지자 바로 괴롭히는 게 아니겠는가.

호방도 무공이 약한 편은 아니었다.

하지만 무리를 이뤄 압박하는 사람들에게 이길 수는 없었다.

그는 궁지에 몰렸었다.

그 찰나 자신에게 도움의 손길을 내민 혈천교.

호방은 자신이 원하는 대로 살기 위해서라도 그 손을 잡을 수밖에 없었다.

"난 벌써 이곳까지 오게 되었어. 이젠 되돌리고 싶어도 방법이 없다."

그는 자신의 처지를 알고 있었다. 또한 돌아갈 수 없다는 것도 알 수 있었다.

용악군이란 사람은 배신이라는 것을 굉장히 경멸하던 사람이었다.

다시 인정을 받을 수 있을까?

그는 아니라고 장담할 수 있었다.

이젠 방법이 없었다. 혈천교의 일원으로서 용악군을 물리쳐야 했다.

그것이 자신이 살 수 있는 방법이었다.

용악군과 부딪히기는 싫었으나 자신이 살기 위해선 방법이 없었다.

그는 공포에 떨면서도 삶에 대한 열망을 키워 나갔다.

*　　*　　*

"네? 허잔양이오?"

"그러하네. 나도 믿겨지지가 않아. 너무 어이없어 웃음밖에 나오지 않더군."

마검문에 든 주진평은 만엽산의 말에 두 눈을 동그랗게 떴다.

도망을 가는 상황에서는 도저히 어찌 된 상황인지 물을 수가 없었다.

만엽산은 부하들을 추스르는 것에 정신이 없어 보였기 때문이다.

마검문에 들어 여유가 생기자 이제야 물어보았는데 이야기를 들어보니 보통 일이 아니었다.

현 패왕성주 허잔양이 배신을 했다니.

대답을 하는 만엽산도, 묻는 주진평도 도저히 이해가 되지 않는다는 얼굴이었다.

비록 무력으로 휘어잡거나 강력한 힘으로 사람들을 이끈 것은 아니라고 하나 패왕성의 수장이었다.

그들이 얼마나 허잔양을 믿고 따랐을까.

한데 그 모든 행동이 거짓이었고 오늘 있었던 이 순간을 위해 연기를 해왔다는 것이라는 걸 두 눈으로 보고 몸으로 겪었다.

패왕성의 무인들이 겪었을 그 배신감은 말로 형용할 수 없을 정도로 컸을 것이다.

"패왕성의 수장이라는 자리에 올랐다면 혈천교를 배신할 수도 있는 입장도 되었을 텐데. 어쨌든 여러모로 이해가 안 되는군요."

한 때 주진평은 허잔양을 의심하기도 했었다.

사부인 좌천패가 물러나고 패왕성주로 오른 자, 게다가 좌천패에게 듣기로 용악군과 함께 사건을 당한 장소를 알려준 자가 허잔양이라고 했었다.

충분히 의심할 수 있는 상황이었다.

한데 막상 패왕성에 들어 이야기를 해보고 적극적으로 자신을 도우려는 걸 보았을 때 어느 정도 의심을 풀었었다.

그에 대해 깊게 고민을 하지 않은 것이다.

하지만 그것은 모두 자신의 실수였다.

'될 수 있으면 아니길 바랐는데.'

이제와 후회한다고 해서 뾰족한 수가 생기는 것은 아니었다.

벌써 벌어진 일이니까.

문제는 주변을 둘러보면 허잔양에 대한 생각을 하지 않을
수가 없다는 것에 있었다.

정말 분노가 끌어 올랐다.

패왕성의 무인들이 실의에 빠진 게 한 눈에 보였기 때문이
다.

그들의 충격은 자신이 받은 충격과는 비교도 되지 않을 것
이다.

믿었던 사람의 배신은 그 정도로 상처가 컸다.

이들의 마음을 어찌 한단 말인가.

저벅저벅.

그 순간, 한 무리의 사람들이 마검문 안으로 들어오고 있었
다.

검존을 포함한 청수의가에서 출발한 사람들이었다.

패왕성의 무인들은 그쪽에 관심이 없는 듯했다.

지금은 자신들의 감정을 추스르는데도 너무 힘이 들었다.

그런 상황에 누구에게 신경을 쓸까.

"네놈들 얼굴 피지 못하겠느냐! 패왕성의 무인은 그렇게
나약하지 않다!"

별안간 터져 나온 외침.

그 안에는 질책의 의미가 가득 담겨 있었다.

"누구야?"

"당신이 뭘 안다고 떠들어!"

패왕성 무인들의 얼굴에 분노가 어렸다.

누가 자신들의 심정을 알겠는가.

수장이 동료들의 등에 칼을 꽂은 이 상황을 어찌 이해한다는 말인가.

당해보지 않은 사람은 절대 이해를 못할 것이다.

그들은 싸우려는 심정으로 소리친 사람을 노려보았다.

“…….”

갑자기 찾아온 정적.

그 누구도 입을 열지 못했다.

패왕성 무인들은 도대체 자신들이 무엇을 보고 있는지 선뜻 받아들일 수가 없는 것 같았다.

죽었다고 하던 사람이 눈앞에 아른거리고 있었다.

저 사람은 분명 그의 제자가 찾아와 직접 죽음을 확인시켜 주지 않았던가.

한데 어찌 지금 눈앞에 이렇게 선명하게 보일 수가 있다는 말인가.

아무리 눈을 비벼보아도 눈앞의 허상은 사라지지 않았다.

그 말은 진실이고 현실이란 말이었다.

“멍청한 놈들, 그런 상태로 어찌 동료들의 복수를 할 수 있다는 말이냐! 마음을 강하게 다잡아라. 기필코 저들의 심장에 복수의 검을 꽂겠다는 투지를 보이란 말이다!”

호통을 들은 패왕성 무인들 중 한 명이 무심코 입을 열었다.

"서, 성주님? 좌천패 성주님?"

"그럼 이렇게 생긴 사람이 나 말고 또 누가 있더냐? 나 말고 너희를 이리 꾸짖을 수 있는 사람이 누구냔 말이냐! 나 좌천패 말고도 누구도 내 부하들을 꾸짖을 수 없다!"

"……! 저, 정말이다! 정말 좌천패 성주님이셔!"

"성주님!"

처음에는 충격이었다. 이 현실을 믿을 수 없으니 그저 멍한 표정만 지었다.

하나 점점 사실임을 깨달았다.

눈앞에 있는 좌천패가 정말 살아 있다는 것을 알았다.

사람들의 얼굴에 미소가 어리는 것은 어쩔 수 없는 일이었다.

너무도 보고 싶어 했던 사람이었다. 그 정도로 진심을 다해 믿고 따르던 사람이었다.

그 사람이 지금 이 어려운 상황에 자신들의 눈앞에 나타났다.

깜깜한 어둠 속에서 한 줄기 빛을 보는 것 같은 기분이었다.

그러나 먼저 정리를 해야 할 것이 있었다.

패왕성의 무인들은 너 나 할 것 없이 좌천패의 주변으로 모여들어 무릎을 꿇었다.

그들의 눈에는 눈물이 흐르고 있었다.

그것은 패왕성을 지키지 못했다는 죄책감이었다.

이것만큼은 죄를 빌어야 좌천패를 향해 웃음을 보일 수가 있었다.

"모두 고개를 들어라."

"하, 하지만 성주님께서 계시지 않는 동안 저희들의 터전을 지키지 못했습니다. 죽여주십시오!"

"고개를 들라고 했다!"

좌천패는 싸늘한 표정을 한 채 부하들을 꾸짖었다. 몸에서는 은은한 살기까지 흘러나오고 있었다.

어쩔 수가 없었다.

저리 명하는데 어찌 자신의 고집만 피울 수 있을까.

패왕성의 무인들은 고개를 들었다.

그것을 보고서야 좌천패의 얼굴에 미소가 그려졌다. 그는 부드러운 목소리로 말했다.

"잃은 것은 다시 찾아오면 된다. 우리에게는 그럴 힘이 있지 않느냐. 지금 필요한 것은 의지다. 의지를 세워라. 그리하면 내가 너희들의 힘이 되어 주마."

"서, 성주님!"

패왕성 무인들의 몸이 부르르 떨렸다.

그들은 터져 나오는 감정을 쉽사리 추스를 수가 없었다.

자신들에게 뜨거운 가슴과 희망을 되찾아준 좌천패가 너무도 고마웠다.

이렇게 무사하게 좌천패를 자신들의 품으로 돌려준 하늘에 감사했다.

지금은 그저 울고 싶었다.

패왕성의 무인들은 한 동안 눈물을 멈추지 못했다.

"녀석들……."

좌천패는 부하들을 보며 흐뭇한 미소를 지었다.

오년간의 공백이 있었다.

그래도 자신을 알아봐주고 있었다. 잊지 않았다는 말이었다.

참으로 고마운 일이었다.

"성주께서 계시는 동안 모두에게 인정을 받았다는 말입니다. 그렇지 않으면 이렇게 눈물을 흘릴 수가 있겠습니까? 저들이 희망을 가질 수 있겠습니까? 지금까지 하신 모든 일이 옳았다는 것과 다름이 없지요. 이제는 정말 저들에게 보여주는 것만 남았습니다. 패왕성을 되찾아야지요. 그것이 성주께서 잃어버린 세월을 되돌리는 방법일 것입니다."

검존이 좌천패의 곁으로 다가와 말했다.

그의 입가에도 은은한 미소가 어려 있었다.

너무도 보기 좋았기 때문이다.

그는 좌천패가 얼마나 패왕성을 생각하는지 알고 있었다. 그리고 일이 잘 풀리지 않아 약선곡에 머물면서도 그 생각은 끊이지 않았음도 알고 있었다.

　그런 사람이 오 년이란 세월이 흘러 다시 제자리를 찾았다.
　비록 패왕성이 지금 이 상태가 되어 버렸지만 좌천패가 있기에 다시 회생할 수 있을 것이라 여겼다.
　아직 혈천교에 대항할 힘은 가지고 있는 것이다.
　좌천패란 사람은 그 정도로 패왕성을 뭉치게 만들기에 충분한 사람이었다.
　“그놈들에게 본 성의 무서움을 알려주어야지. 이렇게 물러날 수는 없는 일이야. 저들을 위해서라도.”
　좌천패가 검존의 말에 답하며 주변을 둘러보았다.
　패왕성 무인들의 얼굴이 보였다.
　그들의 눈에는 열망이 어려 있었다. 그것은 혈천교에 당한 것을 반드시 돌려주겠다는 다짐과도 같았다.
　금방까지만 하더라도 보이지 않던 모습이었다. 모든 게 좌천패로 인해 생긴 현상이었다.
　그들에게 좌천패는 그만큼 큰 존재였다.
　“그나저나 이 친구는 왜 안 오는 건가? 걱정이 되는군. 도대체 그곳에 가서 무얼 했을지.”
　검존은 좌천패가 누굴 말하고 있는지 알 수 있었다.
　“별일이야 있겠습니까? 혼자서는 하실 수 있는 일이 거의 없지 않습니까. 더군다나 몸도 성치 않으시니…….”
　검존의 말에도 좌천패는 안심하는 얼굴이 아니었다.
　용악군의 성격에 그냥 올 리가 없었다.

하지만 그의 우려와는 반대로 용악군은 별일 없이 마검문으로 돌아왔다.

얼굴이 잔뜩 굳어 있어 걱정이 되긴 했으나 무사히 돌아왔으면 그걸로 된 것이었다.

"앞으로 어떻게 할 것인지 이야기 좀 하지."

용악군은 돌아오자마자 회의를 소집했다.

앞으로 어떻게 적들을 상대할 것인지 논의가 필요했다.

패왕성에 있는 적들을 저대로 놔두기에는 그의 분노가 너무 컸다.

자신이 왔는데 얼굴도 비치지 않았다는 점에서 그들의 변질을 뼈저리게 느낄 수 있었다.

만공향 우봉에 있는 사람들은 벌써 그가 알고 있던 자들이 아니었다.

원래의 법도를 어겨 무림에 피해를 끼치는 사람들.

용악군의 성격상 그런 자들을 가만히 놓아둘 수는 없었다.

좌천패를 포함한 자들도 회의가 필요하다고 느끼고 있었다.

그들은 밤을 지새우며 앞으로의 계획을 수립했다.

하나 그들의 회의는 모두 소용없는 것이 되어 버렸다.

다음날 다른 소식이 마검문으로 날아들었기 때문이다.

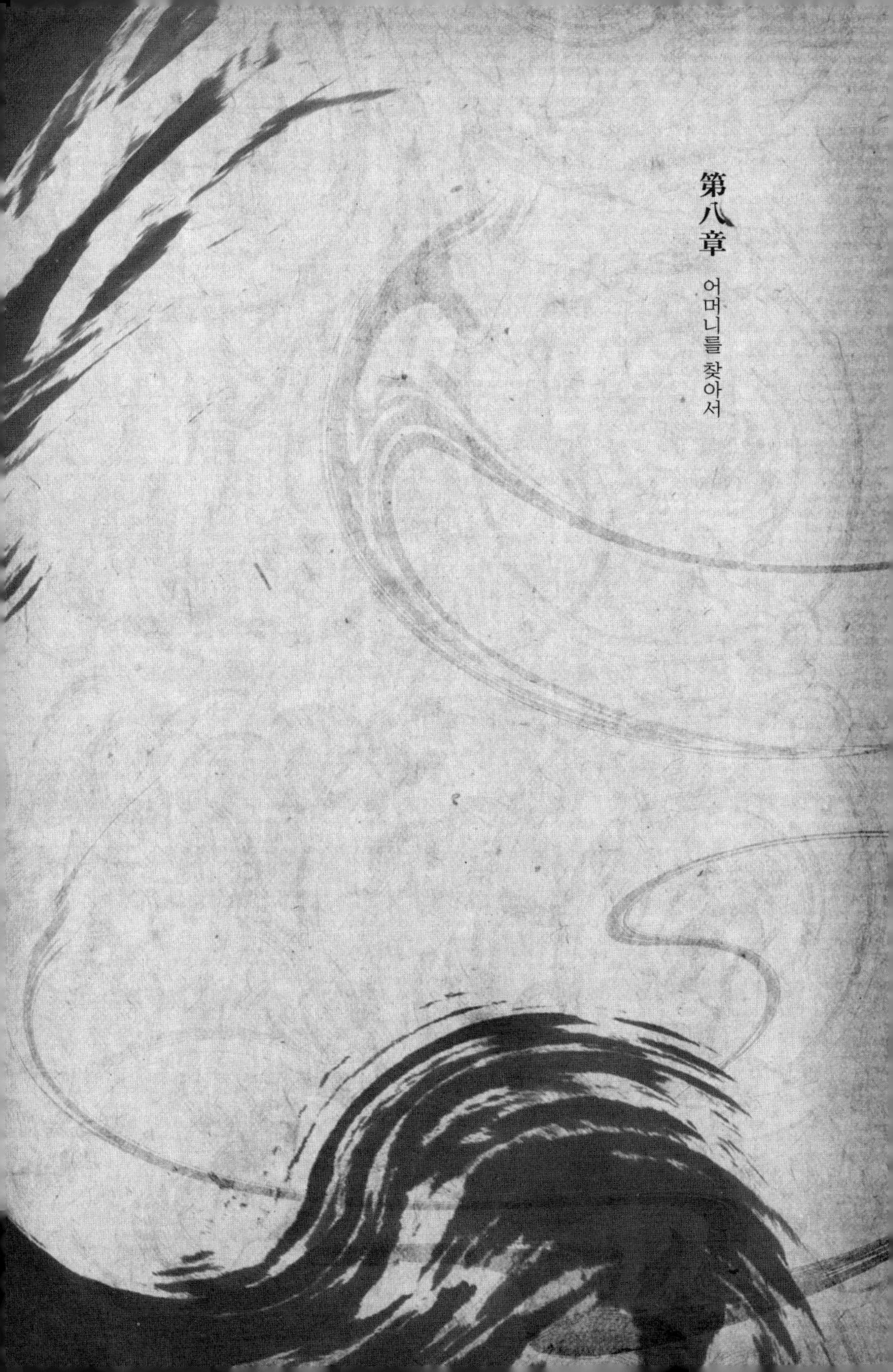

第八章
어머니를 찾아서

중원 전체가 들썩였다.

패왕성의 패배.

성야맹과 함께 중원의 양대 세력으로 군림하던 그들이 혈천교에 졌다.

이것은 만공향과는 또 다른 충격으로 사람들의 마음을 뒤흔들었다.

도대체 혈천교란 곳은 얼마나 강하다는 말인가.

그에 발맞춰 또 한 가지 소식이 무인들의 귓가에 들렸다.

혈천교.

그들이 수면 위로 떠올랐다!

실체를 보이지 않고 암중으로 활동하던 그들이 세상에 몸을 드러내며 본격적인 활동을 시작한 것이다.

산서 태원 주변의 야트막한 산, 그곳에 그들의 본 단이 모습을 드러냈다.

사람들은 놀라 입을 다물지 못했다.

오죽했으면 태원에 살고 있는 사람들도 깜짝 놀랐겠는가.

혈천교 본 단(團)의 규모는 엄청났는데 그 누구도 그 곳에 그런 건물들이 있는지 모르고 있었다.

말 그대로 하루아침에 별안간 등장한 것과 다름이 없었다.

모두 진을 이용해 아무도 모르게 조금씩 진척을 시켰기에 가능한 일이었다.

혈천교가 세상에 모습을 드러내며 생긴 일이 있었다.

중원 각처에 있던 문파들이 태원으로 모이고 있었다. 그들은 혈천교와 싸우기 위해 움직이는 자들이 아니었다.

모두 혈천교에 섭외된 문파들이었다.

혈천(血天)이라 적힌 깃발을 선두에 세운 것만 보아도 알 수 있었다.

중원의 무인들은 굉장히 당황스러워했다. 그리고 위기감을 느꼈다.

이름만 들어도 알 만한 문파들이 많은 수 포함되어 있었다.

저들이 혈천교란 깃발 아래 모여 자신들과 싸울 것을 생각하니 벌써부터 머리가 지끈거려 왔다.

언제 저 많은 사람들이 섭외가 되었던 것일까.

지금 세상 사람들의 관심은 모두 태원에 집중되어 있었다.

저들이 보일 행보가 궁금한 것이다.

그에 맞춰 자신들도 움직여야 하지 않겠는가.

몇몇 문파는 일찍이 움직여 태원으로 향하던 혈천교에 섭외된 문파와 싸우는 곳도 있었다.

또한 많은 문파가 마검문으로 발걸음을 옮겼다.

그들은 자신들이 보유한 전 병력을 이끌고 움직였다.

그만큼 흘러가는 정세를 심각하게 받아들이고 있다는 이야기였다.

혈천교가 과거에 보인 선례를 생각했을 때, 그들의 중원 장악은 재앙과도 같았다.

사람들은 살기 위해 움직일 수밖에 없었다.

혈천교와 그들의 득세를 반대하는 문파들.

이 두 부류로 인해 중원은 지금 금방이라도 터질 듯한 화산을 만난 것과 다르지 않았다.

*　　　*　　　*

"일단 완전히 몸을 드러냈다는 말은 저들이 준비가 끝난 것이라고 봐야 할 것 같군."

"지금 문제는 중원 각지에서 움직이고 있는 혈천교에게 섭외된 문파들입니다. 그들이 당당하게 움직임으로 해서 다른 문파들도 흔들리고 있어요. 더군다나 만공향과 본 성이 졌다는 소문까지 퍼져 혈천교의 위세를 올려주었습니다. 이대로 가면 우리를 따르는 문파들의 수가 많이 줄어들 것이라 예상됩니다.”

만엽산의 말을 들은 좌천패는 고개를 끄덕일 수밖에 없었다.

그의 말에서 틀린 점이 없었기 때문이다.

회의장에 있는 사람들의 얼굴은 모두 어두웠다.

일단 패왕성을 잃고 며칠간 두고 보았다.

저들이 어떻게 움직이는지 파악을 할 필요가 있었다.

지금 세력 싸움으로는 백중세였다.

쓸데없는 병력 소모는 없어야 할 게 아닌가.

당장에라도 패왕성을 되찾고 혈천교를 무너뜨리고 싶은 마음이 굴뚝같았지만 저들의 분위기가 상승세임은 인정해야 했다.

또한 세력이 얕볼 수 없을 정도로 크다는 것도 수긍해야 했다.

그래야 전쟁이 일어났을 때 패배하는 일이 없을 터였다.

좌천패는 골치가 아파오는 것을 느꼈다.

도와줄 세력들이 계속 모이고 있었다.

거기에는 정파와 사파의 구분이 없었다. 그들도 지금 이 심각한 분위기를 인지한 것이다.

지금은 성야맹에서도 지원군이 오고 있었다.

일단 혈천교는 여기 있는 모두의 적이었다. 이들을 처리하는데 있어서는 정파와 사파의 구분이 필요 없었다.

문제점은 그들의 수가 그렇게 많지 않음에 있었다.

끊임없이 모이고 있으나 혈천교로 향하는 수에 비하면 많이 적었다.

일단 만공향을 비롯해 천망회 등 굵직한 문파들이 당한 이유가 컸다. 그리고 움직이지 않는 문파들은 추후 무림의 판도가 어떻게 변하는지 판단하고 움직일 모양이었다.

그로 인해 적들을 완벽하게 상대할 수 있다는 확신이 들지 않았다.

좌천패로서는 그 점이 머리가 아팠다.

'일단 혈천교의 상황이 어떻게 돌아가고 있는지만 알아도 한결 편할 터인데…… 전혀 정보를 얻을 수가 없으니.'

현재 혈천교의 수뇌부 상황을 전혀 모르고 있었다.

강자들이 얼마나 있으며 그들의 무위가 정확히 어느 정도인지도 알지를 못했다.

이번 전쟁에서는 병력이 주요하기도 하지만 그 무엇보다도 적들을 이길 수 있다는 기세가 필요했다.

지금 이곳의 분위기가 가라앉은 상황에서 적들의 수뇌부를 도륙하는 모습만이라도 보인다면 기세는 기름을 부은 듯 끓어오를 것이다.

그리 되면 한결 편하게 이길 수 있는 바, 좌천패로서는 혈천교의 상황을 조금이라도 알고 싶었다.

하다못해 혈천교에서 그렇게 믿고 따르는 교주의 무위만이라도 말이다.

"음! 이 정도면 어느 정도 완치 되었다고 봐도 되겠는데?"

부웅! 부웅!

공터에 서서 팔을 열심히 휘둘러보던 주진평이 미소를 지었다.

이 정도의 몸 상태라면 만족할 만했다.

얼마 전까지만 하더라도 을 잃을 수도 있다는 소리를 들었다.

한데 빙한지석의 힘을 완벽히 얻고 나니 오른팔의 회복속도가 상상도 할 수 없게 나아졌다.

빙한의 힘이 열화의 힘도 조절할 수 있는 정도가 되었다는 말이었다.

그만큼 진기의 흐름이 좋으니 회복속도가 빠를 수밖에 없었다.

주진평의 얼굴에 미소가 그려진 이유였다.

옆에서 그 모습을 보고 있던 풍소우도 한숨 놓은 표정이었다.

얼마나 걱정을 많이 했던가.

자신처럼 한 팔을 잃은 무인이 될까봐 말이다.

하지만 이제 걱정하지 않아도 될 것 같았다. 그는 그것만으로도 굉장히 만족스러웠다.

타탓!

두 사람이 흐뭇한 미소를 짓고 있는 그때, 그들이 있는 공터를 향해 정신없이 달려오는 사람 한 명이 있었다.

"응? 유 소저 아냐?"

소리가 난 곳으로 고개를 돌렸던 풍소우가 유옥령을 알아보고 고개를 갸웃거렸다.

그녀가 이렇게 다급하게 움직이는 이유를 알지 못해서였다.

"주 공자!"

유옥령은 손에 한 장의 서찰을 들고 바로 주진평이 있는 곳으로 다가왔다.

"무슨 일이지?"

주진평으로는 물을 수밖에 없었다.

자신에게 볼 일이 있는 것 같지 않은가.

유옥령은 말을 하는 대신 서찰을 내밀었다.

거기엔 혈천교에 있는 유옥령의 부하가 보내온 소식이 쓰여 있었다.

"뭐? 시, 신녀? 이게 무슨 말이야?"

서찰을 읽던 주진평이 눈을 둥그렇게 떴다.

신녀란 말이 서찰에 언급이 되어 있었다.

그녀를 통해 혈천교가 완성된다는 말이 쓰여 있었다.

괜히 불안한 생각이 들었다.

혈천교가 완성된다는 것은 그들이 그토록 갈망하던 광천무의 완성을 의미하는 것 같았기 때문이다.

혈천교에서 일어나는 일에는 무엇보다 예민하게 생각할 수밖에 없는 주진평이기에 경각심부터 가지는 게 당연했다.

유옥령은 잠시 호흡을 고르더니 걱정 가득한 얼굴로 답을 했다.

"그들이 광천무의 내공심법이 잠들어 있는 곳을 찾았다는 말인 것 같아요. 거기에 청하 소저의 말을 상기해 보면 아마도…… 주 공자의 어머니에 관련된 이야기가 아닌가 생각되네요."

"……!"

자신의 우려를 확인시켜 주는 말이었다.

주진평은 몸을 부르르 떨었다.

청하는 광천무의 내공심법을 얻으려면 분명히 어머니의 피가 필요할 것이라 했다.

어머니가 만약 내공심법을 숨겨둔 곳의 기관 장치를 만든 사람의 자손이라면 말이다.

그 말은 어머니의 목숨이 위급하다는 말과 다름이 없었다.

“어, 어디지? 이들이 이 의식을 치른다고 한 곳이 어디냔 말이다!”

혈천교에서는 이 행사를 혈천교 내부 전체에 말을 했다.

그것은 혈천교주의 등장과 함께 혈천교가 완벽해졌음을, 천하를 집어 삼킬 수 있는 능력을 지녔다는 걸 만천하에 알리겠다는 의도였다.

그래야 여러 사람이 섞인 혈천교가 더욱 단결을 할 것이 아닌가.

어머니를 만나려면 그 자리에 가야 했다.

그리고 거기서 어머니를 반드시 구해야 했다.

주진평으로서는 가만히 있을 수가 없는 일이었다.

“아마도 혈천교의 본 단이 있는 곳인 것 같아요. 그곳에 의식을 치를 제단이 만들어 지고 있다고 하더군요. 혈천교의 본 단이 태원에 생긴 이유가 내공심법이 잠들어 있는 곳이기 때문인 것 같아요.”

타탓!

유옥령의 말이 끝나자마자 주진평은 바로 발을 움직였다.

들을 이야기는 모두 들었다.

지금은 얼른 몸을 움직이는 것이 중요했다.

하지만 풍소우가 미리 움직여 그를 가로 막았다.

주진평의 얼굴이 일그러졌다.

“비켜!”

풍소우도 물러서지 않았다.

"말을 하고 가라. 적어도 가족들과 어르신들은 알고 있어야 한다. 그것이 어머니를 구할 수 있는 확률을 높이는 것이기도 해."

"큭!"

풍소우의 말은 틀리지 않았다.

어머니를 구하려면 혼자의 힘으론 불가능했다.

더군다나 혈천교의 모든 사람들이 모여 있을 가능성이 농후한 장소였다.

혼자 뛰어든다는 말은 죽겠다는 말과도 같았다.

주진평은 대답도 하지 않고 바로 수뇌부들이 회의를 하고 있는 곳으로 뛰어갔다.

그 뒤를 풍소우가 따랐다.

"주 공자……."

혼자 남은 유옥령은 걱정스런 표정을 지었다.

이번 일은 정말 어려운 일이었다.

주진평이 어머니를 구하고 싶어 한다는 것을 잘 알고 있지만 장소와 시기가 좋지 않았다.

혈천교의 주요 인사들이 모조리 몰려 있을 게 분명한 곳이었다.

일부러 모두를 모으기 위해 이 같은 행사를 하는 것이 아니겠는가.

비록 지금껏 어려운 일을 많이 헤쳐 온 주진평이라지만 이번만큼은 어렵지 않을까란 생각을 하는 유옥령이었다.

그녀는 불안한 감정을 지울 수가 없었다.

"뭐라고? 네 말이 사실이냐?"

"이 서찰에 적혀 있으니 틀림없을 겁니다."

주진평은 자신이 들고 있는 서찰을 좌천패에게 넘겼다.

"으음……."

좌천패는 그 서찰을 다 읽고선 용악군에게 넘겼다.

"이것은 기회가 되겠구나. 이놈들을 일거에 쓸어버릴 수 있는 기회."

용악군의 얼굴에는 미소가 어려 있었다.

혈천교의 모든 사람들이 모여 있다는 말은 다른 곳은 신경 쓰지 않고 그들만 쓸어버리면 된다는 말이었다.

그가 생각하기에는 번거롭지 않게 일을 마무리할 수 있는 아주 좋은 기회였다.

하지만 좌천패의 생각은 다른 것 같았다.

"물론 좋은 기회가 될 수도 있겠지만 쉽지 않은 일이네. 모두가 모여 있다는 말은 그만큼 공격력이 강하다고 볼 수도 있는 일이네. 자칫 잘못하면 우리들의 무덤이 될 수도 있는 일이야."

비록 저들이 생각지 못한 시기에 공격을 한다면 큰 피해를 끼칠 수는 있을 것이다.

그러나 그만큼 많은 수의 사람들이 있을 것이다. 저들을 모두 쓰러뜨릴 수 있는 병력이 자신들에게 있는가, 그리고 적들에게 들키지 않고 기습을 가할 수 있느냐가 관건이었다.

혈천교에서도 분명 마검문을 살피고 있을 터였다.

이곳에서 병력이 움직이면 저들도 감지할 것이 분명했다.

한데 어찌 그 많은 병력을 혈천교의 눈을 속이고 움직일 수가 있다는 말인가.

불가능한 일이었다.

더군다나 아직 저들을 확실히 제압할 수 있는 병력도 모이지 않은 상태였다.

지금 이대로 싸운다면 양패구상까지 생각을 해야 했다.

물론 저들의 수뇌부들을 압도할 수 있는 강자들이 많다면 한결 수월해지긴 하겠으나 그것은 지금 당장 확신할 수 없는 일이었다.

"그렇다고 저들의 관계가 더욱 공고하게 변하는 것을 가만히 두고 보자는 말이냐. 난 그럴 수 없다."

용악군은 자신의 뜻을 굽히지 않았다.

"나도 그냥 두고 보자는 말이 아니네. 다른 좋은 방법이 없을까 찾아보자는 말이 아닌가. 신중하게 생각을 해야 할 것이야."

"원래 고민이 많을수록 그 계획은 실패할 가능성이 크다.

지금은 밀어붙이는 게 최고야.”

좌천패와 용악군, 두 사람 사이에 신경전이 펼쳐졌다.

사람들은 그저 그들이 어떤 결론을 도출해낼지 바라보고만 있었다.

하지만 주진평으로서는 그럴 여유가 없었다.

“두 분께서 어떤 결정을 내리시던 저는 지금 움직일 겁니다. 이 점은 양해를 부탁드립니다.”

“그럴 수 없다. 너로 인해 이쪽의 생각을 들킬 수가 있다. 네가 저들이 행사하는 때를 같이 해 움직인다면 또 다른 움직임도 예측하게 될 것이다. 그럼 기습은 물 건너가는 게 된다.”

용악군은 단번에 자르고 들어왔다.

그도 주진평의 어머니에 대한 이야기는 들어서 알고 있다. 하나 지금은 모두를 위한 이야기를 하고 있는 때였다.

한 사람으로 인해 거사(巨事)를 망치는 경우는 일어나서는 안 되는 일이었다.

“사부님!”

주진평이 언성을 높였다.

용악군이 자신의 급한 마음을 몰라주니 섭섭하다는 생각까지 들었다.

어떻게 해서든 빨리 가야 했다.

일이 벌어진 후에는 늦었다. 어머니가 죽고 나면 다 무슨 소용이란 말인가.

"네 마음을 알고 있다. 조금만 기다리거라. 지금 서두른다고 될 일은 아니란다. 최대한 치밀하게 계획을 짜고 움직여야 성공할 수 있는 일이란 말이다."

좌천패가 주진평을 달랬다.

그도 무조건 반대하고 싶은 생각은 없었다.

사랑하는 제자의 어머니였다. 그가 어찌 그것을 모를까.

하지만 지금은 어떤 일을 한다고 해도 개인으로 움직여서는 안 되었다.

좌천패는 그 점을 주진평에게 인지시켜 주고 있는 것이었다.

"크윽!"

주진평이 온몸을 부르르 떨었다.

두 사부에 대해 화가 나서 그런 것만은 아니었다.

힘이 없음을 한탄하고 있는 것이었다.

아무리 많은 적들이 있다고 해도 모조리 쓰러뜨릴 힘을 갖고 싶었다. 그러면 어머니를 구하는 데 있어 이렇게 고민하지 않아도 될 게 아닌가.

하나 그도 생각은 있었다. 쉽지 않은 일이라는 것을 알고 있었다.

해서 그냥 계획 없이 혈천교로 향할 생각은 아니었다. 될 수 있으면 혈천교의 행사가 있기 전에 몰래 어머니를 빼오고 싶었다.

그래야 어머니를 구한 다음에도 안전하게 나올 수 있지 않 겠는가.

주진펑은 자신의 의견을 확실하게 두 사부에게 전했다. 그 리고 자신을 믿어달라는 이야기도 했다.

용악군과 좌천패는 고민을 하지 않을 수 없었다.

이렇게 간곡하게 부탁하는 제자를 본 적이 없었던 것이다.

주진펑은 일단 청수의가의 사람들이 있는 곳으로 향했다.

나머지 선택은 두 사부에게 맡겨둔 채로.

*   *   *

그날 저녁, 주진펑은 두 사부의 부름을 받고 회의장으로 향 했다.

도착해서 보니 수뇌부들은 아직까지 돌아가지 않고 그 자 리에 있었다.

지금껏 회의를 했다는 말이었다.

주진펑은 말없이 상단을 올려다보았다.

좌천패가 입을 열었다.

"회의 결과, 네 뜻을 어느 정도 받아들이기로 했다. 하지만 정말 들어갈 수가 있겠느냐? 실패는 네 목숨과도 이어진다. 우리 모두의 계획이 엉망으로 망가지는 것은 물론이고."

"저에겐 이 방법 밖에 없습니다. 무조건 성공시켜야죠. 어차피 기습 때 어머니를 구하려하면 실패할 가능성이 훨씬 높습니다. 저들이 광천무의 심법을 얻을 수 있는 유일한 열쇠인 어머니를 가장 먼저 보호할 게 분명하니까요."

주진평의 말에서 결연한 의지가 느껴졌다.

그는 이번이 아니면 어머니를 구할 수 없다는 것을 느끼고 있었다.

어떻게든 자신의 의견을 관철시키지 않을 수가 없었다.

"으음, 일단 너를 믿어보도록 하겠다. 하지만 명심해라. 네가 실패했다고 싶으면 우리는 바로 들이닥칠 것이다. 회의 결과 혈천교를 따르는 모든 사람들이 모이는 것을 기다리는 것보다 그 전에 움직여 혼란을 야기하는 게 좋다는 판단을 내렸다. 그쪽이 우리에게 피해가 적을 테니 말이다. 그때가 되면 넌 알아서 살아 나와야 한다. 그것만큼은 확실히 알아 두어라."

일단 적들이 당황한 사이에 최대한 수를 줄여놓을 계획이었다. 그리 되면 저들이 뭉친다고 하더라도 무섭지 않을 것이다.

회의 결과, 주진평이 출발한 때부터 적들이 눈치채지 못하게 조금씩 병력을 태원으로 보내 놓기로 했다.

그리고 결전의 날이 되면 수뇌부들이 움직여 근처에 있는 모든 세작들을 일거에 제거할 것이다.

그럼 그리 오래는 아니더라도 시간은 벌 수 있었다.

마검문에서 당일 날 움직이는 것은 수뇌부들과 상위 고수들.

그들은 최대한 빨리 태원으로 가 그곳에 숨어 있는 사람들과 합세할 생각이었다.

혈천교에서 소식을 들었다고 해도 제대로 된 수습을 할 수 없게 최대한 빨리 들이닥친다는 말이었다.

주진평은 좌천패의 말을 이해하고 고개를 끄덕였다.

"알겠습니다."

알아서 살아 나와라.

어쩌면 참으로 냉정한 말이었다.

하지만 주진평은 그것을 섭섭하다고 생각하지 않았다. 당연한 말이기 때문이다.

자신은 자신의 사정이란 것이 있었고 다른 사람들은 또 그들만의 사정이 있었다.

희생해 달라고 말을 할 수는 없는 것이었다.

주진평은 사람들에게 인사를 건네고 회의장 밖으로 나왔다.

떠날 준비를 해야 했다.

그는 일단 유옥령에게로 향했다.

"정말 도와줄 수 있다고 말했어? 분명 부담이 될 부탁이다."

주진평의 물음에 유옥령은 바로 고개를 끄덕였다.

"미리 이야기가 된 부분이었어요. 어차피 그 사람도 혈천교를 떠날 준비를 하고 있었거든요. 이번 일을 도와주고 간다고 해서 문제가 될 것은 없지요. 오히려 혼란을 틈타 움직일 수 있으니 더욱 안전하기도 하고요."

주진평의 계획에서는 유옥령의 부하가 반드시 필요했다.

그의 도움이 없다면 이 계획은 세울 수조차 없었다.

한데 이렇게 흔쾌히 도와준다는 말을 했다니 유옥령을 포함해서 두 사람에게 고마움을 느끼는 것은 당연한 일이었다.

주진평은 새삼 유옥령을 볼 수밖에 없었다.

좋지 않은 인연으로 시작했다. 자신들을 속이고 접근하지 않았던가.

그로 인해 그녀의 팔까지 잃게 만들었다. 고문도 했었다.

하지만 지금에 와서는 아주 많은 일을 도와주고 있었다.

참으로 어이없는 관계였으나 지금에 와서 유옥령이란 존재는 참으로 고맙고도 필요한 존재였다.

그는 그 마음을 전하지 않을 수가 없었다.

"정말 고맙다. 내가 그곳에서 살아 돌아온다면 언젠가 이 고마움을 갚을 날이 있을 거다. 내 약속하지."

유옥령은 그저 흔들리는 눈으로 고개를 끄덕였다.

이제야 완전한 동료가 된 것 같았다.

지금까지 마음속에 품었던 미움이나 섭섭함도 모두 사라

졌다.

어쨌든 지금껏 자신을 살아 있게 만들어 준 사람은 주진평이 아니던가.

그녀는 자신도 모르게 눈물을 흘렸다.

주진평의 옆에 있던 풍소우가 그녀를 다독였다.

그 마음을 어느 정도 이해를 했기 때문이다.

"나중에 모두 모여 허심탄회하게 이야기하면서 술이나 한 잔 걸치자고."

"네."

유옥령의 대답으로 그들의 대화는 끝났다.

이제는 정말 떠날 준비를 해야 했다.

그들이 금방 이야기 한 술자리도 일을 잘 마무리해야 가질 수 있는 일이었다.

주진평은 풍소우와 함께 장청일이 있는 곳으로 향했다.

태원으로 먼저 떠나는 사람들은 이들 세 명인 탓이다.

*　　*　　*

"먼저 떠나기로 했습니다."

"들었다. 네 어미의 소식을 알게 되었다고 하더구나. 괜찮겠느냐?"

주청학의 물음에는 여러 의미가 담겨 있었다.

물론 어머니인 소화련을 무사히 구출해올 수 있겠느냐는 의미도 있었지만 아들에 대한 걱정도 들어 있었다.

두 사람 중 한 명에게 무슨 일이 생겨버린다면 여기에 남아 있는 사람들은 어찌 견딘단 말인가.

아들을 대신해 살아남은 소화련도 그것을 기뻐하지 않을 게 분명했다.

주청학은 두 사람 다 무사히 돌아오는 것을 원하고 있었다.

"걱정 마세요. 어머니를 무사히 구출해서 돌아오겠습니다."

주진펑은 얼굴에 여유로운 미소까지 지으며 답했다.

떠나는 마당에 괜한 불안감을 줄 필요가 없었다. 그리고 이렇게 말해야 자신도 더욱 노력할 것 같았다.

옆에서 이야기를 듣고 있던 주여설이 입을 열었다.

"네 말대로 모두 무사히 돌아와 예전의 화목했던 우리 가족으로 돌아갔으면 좋겠어. 그 이상은 바라는 것도 없어. 그저 다 같이 모여 웃을 수 있다면 난 그걸로 만족해."

목소리에 간절함이 담겨져 있었다. 그녀가 지금 얼마나 긴장과 걱정을 하고 있다는 것이 바로 느껴졌다.

주운휘는 옆에서 연신 고개만 끄덕이고 있었다. 그의 눈에 눈물이 살짝 어려 있는 게 지금 자신의 형이 위험한 일을 하러 간다는 것을 알고 있는 것 같았다.

주진펑은 그런 가족들을 보며 한껏 미소를 지어 보였다.

“약속할게요. 믿고 기다리세요.”

주청학을 비롯한 가족들은 고개를 끄덕이는 것 말고는 할 게 없었다.

그것이 답답했지만 그들은 믿고 있었다.

주진평이 반드시 이 약속을 지킬 거라고.

“가자.”

주진평이 장청일과 풍소우를 바라보며 말했다.

세 사람은 그 길로 은밀히 마검문을 나섰다.

일부러 정문으로 향하지 않고 담을 넘었다.

그 사이 문파 안에 있는 다른 사람들은 마치 무슨 일이라도 하려는 듯 마검문의 정문으로 움직였다.

혈천교 세작들의 시선을 분산시키기 위한 것이었다.

주진평 일행은 누구에게도 들키지 않았다.

어둠 속에 녹아들 듯 바람과 같이 사라져 버렸다.

*　　　*　　　*

“그런데 정말 그쪽 일들은 잘 처리한 거야?”

주진평 일행은 태원에 도착해 있었다.

혈천교의 행사가 내일이라 서둘러 올 수밖에 없었다.

그들은 지금 변장을 한 상태였다.

얼굴에는 인피면구를 뒤집어쓰고 최대한 원래의 모습을

숨기려 노력했다.

"청하 소저에게 부탁하고 왔으니 큰일은 없을 겁니다. 더군다나 추인혼, 그 친구가 다시 그쪽으로 떠났으니 별 문제야 있겠습니까. 지금 모든 사람들의 시선이 이곳으로 향해 있습니까. 혈천교라 해도 현재 그쪽까지는 신경을 쓰고 있지 못할 겁니다."

세 사람은 일꾼의 행색으로 한 곳을 향해 걸어가고 있었다. 그러며 끊임없이 대화를 하고 있었는데 모두 백수연을 포함한 다른 사람들의 이야기였다.

주진평은 장청일이 다른 사람들을 놔둔 채 이곳으로 온 것이 신경 쓰이는 것 같았다.

비록 위험은 거의 없다고 하지만 마음을 놓아서는 안 되는 일이었다.

그들 또한 주진평, 자신이 챙겨야 하는 사람들이지 않은가.

그러나 장청일의 확신어린 말을 들은 이상 그는 거기에 대한 이야기를 더 이상 하지 않았다.

지금은 눈앞에 있는 일에만 집중해도 모자랄 판국이었다.

범의 아가리로 머리를 들이미는 것과 다르지 않았다.

자칫 잘못하면 머리를 그대로 물어뜯길 수도 있었다.

조금도 긴장의 끈을 늦추지 않아야 했다.

세 사람은 크게 심호흡을 하며 앞쪽에 걸어가고 있는 사람을 바라보았다.

한 사내가 눈에 들어왔다.

묘해(苗海), 그가 바로 유옥령의 부하로 있던 자였다.

네 사람은 등에 두른 광주리에 식자재를 가득 담고 한 곳으로 향하고 있었다.

그곳에는 다른 일꾼들도 잔뜩 기다리고 있는 중이었다.

수장으로 보이는 자가 묘해를 바라보며 말했다.

"그 쪽은 그게 끝인가?"

"그렇습니다. 다른 사람들은 다 도착했습니까?"

"너희들이 마지막이었다."

주변을 둘러보니 모든 사람들이 짐을 한껏 들고 서서 자신들을 바라보고 있었다.

오래 기다렸는지 좋은 기색이 아니었다.

정리를 마친 수장이 소리쳤다.

"그럼 출발하라!"

짐꾼들은 혈천교 안에서 필요한 물품들을 지고서 걸음을 움직였다.

그들은 태원을 벗어나 점점 한 야산으로 다가갔다.

그곳에는 전각들이 빼곡히 들어서 있는 장원이 보였다.

'허어!'

주진평은 고개를 절레절레 흔들었다.

장원이라고 말하기 힘들 정도로 규모가 컸다.

성야맹과 패왕성보다 더 굉장한 규모였다.

'정말 언제 저런 건물들을 지었지?'

예전에 태원의 청의문에 왔을 때는 발견하지 못한 것이었다.

놀라는 것은 당연했다.

지금 이곳에서 그 누구보다 놀란 사람은 풍소우였다.

그는 불과 얼마 전에 이곳에 왔었다.

문제는 그때만 하더라도 저런 건물들을 발견하지 못했는 데에 있었다.

마치 도깨비가 하룻밤 만에 뚝딱 만들어 놓은 듯 혈천교는 웅장한 모습으로 그곳에 있었다.

[모두 최대한 침착하게 행동하시오.]

묘해의 전음에 나머지 세 사람은 남들이 모를 정도로 살짝 고개를 끄덕였다.

적의 소굴로 제 발로 들어가는 중이었다.

긴장이 되는 것은 어쩔 수가 없었다.

오죽했으면 등 뒤로 식은땀이 흘러내렸다.

멀리 혈천교로 들어가는 정문이 눈에 들어왔다.

네 사람은 서로 시선을 맞췄다.

묘해의 뒤로 바짝 다가가 붙은 것은 주진평이었다.

"어디에서 왔지? 이름은?"

"유가상회에서 온 정필이라고 합니다."

정문에서 이뤄지고 있는 절차는 생각보다 까다로웠다.

만일을 대비해서인지 비교적 상세히 묻고 있었다.

주진평의 차례는 금방 찾아왔다.

“어디에서 왔나? 이름은?”

“화정상회에서 온 철국이오.”

“철국?”

신상에 대해서 적던 무사가 갑자기 책자를 앞으로 넘겼다.

책자에는 지금까지 물품을 날랐던 상회의 이름과 짐꾼의 이름이 적혀 있었다.

“철국이라. 그래, 여기 있군. 한데 왜 난 처음 보는 것 같지?”

“에이, 며칠 전에도 왔었는데. 그 사이 잊은 것이오?”

주진평은 최대한 당황하지 않고 침착하게 말하려 노력했다. 여기서 실수를 하면 어머니의 얼굴도 보지 못하고 끝이었다.

뒤편에서 보고 있는 장청일과 풍소우는 마른침만 삼키고 있었다.

“그래? 며칠 전에도 왔었다고?”

신상을 적던 무사는 여전히 기억나지 않는지 주진평의 얼굴을 뚫어져라 바라보고 있었다.

이대로 가다간 다른 건 놔두더라도 인피면구가 걸릴 수도 있었다.

어쩔 수 없이 묘해가 나섰다.

"항상 오던 사람들 아니오. 왜 이렇게 괜한 일로 힘을 빼는 거요? 우리는 들어가서 할 일이 산더미같이 쌓였소. 그러니 내 얼굴 봐서라도 대충 넘어갑시다. 내 보증하겠소."

묘해의 말에 무사가 살짝 인상을 찌푸렸다. 자신도 어쩔 수 없이 하는 일이지 않은가.

더군다나 항상 해왔던 당연한 절차, 이런 일로 얼굴을 붉히니 짜증이 난 것이다.

하지만 무사는 화를 내진 않았다.

평소 묘해가 자신에게 챙겨준 것들이 있었기 때문이다. 그리고 내일 있을 혈천교의 행사로 그가 누구보다 바쁘다는 것도 알고 있었다.

좋은 게 좋은 거라고. 그는 은근슬쩍 넘어가 주었다.

"알았네. 사람하고는. 별 것도 아닌 일로 인상을 찌푸리는 겐가? 화정상회 사람들은 그냥 데리고 지나가게나."

묘해의 얼굴이 단숨에 밝아졌다.

"본인이 인상을 찌푸렸었소? 하하! 어쨌든 고맙소. 내 이번 행사만 끝나면 술 한 잔 받아드리리다."

"허허허! 우리 사이에 이런 게 무어라고. 바쁠 텐데 어서 가보게나."

묘해는 얼른 뒤편을 바라보았다.

주진평을 비롯한 세 명은 어떻게 해야 하는지 바로 알아챘다.

그들은 정문을 지키는 무사들에게 공손히 인사를 하곤 재빨리 혈천교 안으로 들어갔다.

"큰일 날 뻔했네. 만약 저 자식 차례까지 갔으면 어쩔 뻔했어? 십중팔구 걸렸을 거다."

풍소우가 가슴을 쓸어내리며 장청일을 보았다.

무뚝뚝하고 융통성이 없는 장청일이 저들의 돌발적인 물음에 답을 할 거란 생각을 하니 온몸에 소름이 돋는 기분이었다.

그 생각은 주진평과 장청일도 다르지 않은지 말없이 고개를 끄덕일 뿐이었다.

"얼른 날 따라오시오."

그들의 뒤를 따라 들어온 묘해가 앞장을 섰다.

네 사람은 식자재를 관리하는 창고로 직행했다.

이곳이 말단 중에 말단으로 내려온 묘해가 일하는 곳이었다.

그는 무사가 아니라 일반 잡부로 일을 하는 것과 다름이 없었다.

털썩! 털썩!

짐을 내려놓은 묘해가 주진평 일행들을 바라보며 말했다.

"본인이 도와줄 수 있는 것은 여기까지요. 섭섭하다고 할지도 모르지만 나머지는 정말 아는 것이 없소."

혈천교 안을 둘러보는 것은 가능했다. 하지만 그것은 어디까지나 공개되어 있는 장소만이었다.

지금 주진평이 찾고 있는 것은 혈천교에서 신녀라고 불리는 사람의 신변을 보호하고 있는 곳.

그런 곳을 일반 사람들이 쉽사리 드나들 수 있는 장소로 할 리가 없었다.

아마도 수뇌부들만이 아는 곳에 숨겨두었으리라.

"이것을 받으시오."

묘해는 주진평을 향해 지도 한 장을 내밀었다.

"나름 의심이 가는 곳만 추려 표시를 한번 해보았소. 들어갈 수 없는 곳이 워낙 많아 대부분 추측이나 다른 정보들을 취합해 만든 것인데 너무 신뢰는 하지 마시구려. 대신 제단만큼은 확실히 표시를 해놓았으니 혹여나 끝에 끝까지 가게 된다면 그리로 한번 가보시오."

만약 어머니 소화련을 결국 찾지 못한다면 행사가 진행되는 제단에서밖에 만날 수가 없었다.

행사 당일 날은 사람들로 붐빌 게 분명했다. 조금이라도 늦는다면 발 디딜 틈도 없을 게 확실한 바, 조금이라도 빨리 움직일 수 있게 묘해가 미리 챙겨 놓은 것이었다.

"정말 고맙소."

주진평이 진심을 담아 묘해에게 고개를 숙였다.

혈천교 안으로 들어오게 만들어 준 것만 해도 보통 일이 아니었다. 한데 이런 지도까지 준비해주니 고마운 마음이 드는 것은 당연한 일이었다.

"내 들었소. 유 사자를 많이 도와주었다는 것을 말이오."

묘해가 말하는 유 사자가 유옥령이라는 것을 세 사람은 쉽게 알아챘다.

"유 사자는 본인을 진정으로 생각해 준 분, 그 분을 도왔다면 이 몸도 돕는 게 당연한 거라 생각해 이러는 것일 뿐이오. 허니 감사 인사는 유 사자에게나 하시오."

혈천교에서 버림을 받을 뻔 했던 묘해를 끝까지 지켜낸 사람이 유옥령이라는 것을 주진평은 알고 있었다.

해서 어느 정도 이해가 되는 이야기라 그는 고개를 끄덕이는 것으로 묘해의 의사를 받아들였다.

주진평의 손에 들린 지도를 잠시 보고 있던 풍소우가 묘해에게 물었다.

"허면 우리는 계속 이 창고에 있어야 하는 것이오? 주변을 한번 둘러보고 싶은데 방법은 없겠소?"

풍소우는 암살에 특화된 사람이었다.

암살을 하려면 은밀히 움직이는 건 필수였다.

그렇다 보니 은밀히 움직이기 위해 사전에 주변을 둘러보는 것이 얼마나 중요한지 알고 있었다.

이번 일도 암살과 다를 바가 없었다. 그로서는 묻는 것이 당연한 질문이었다.

"당신들이 밤까지 이곳에 있으려면 어차피 일을 해야 하

오. 내가 미리 밤새서 일을 한다고 보고를 해 놓을 테니 잔심
부름들을 하면서 주변을 한번 살펴보시오. 하지만 명심하시
오. 이것이 유효한 것은 내일 아침까지요. 행사가 시작되기
전에는 외부인들은 모조리 나가야 하는 것이 법도라 그 이상
은 본인이 어떻게 해줄 수가 없소. 게다가 난 날이 밝는 대로
이 산을 떠날 것이오. 그러니 나머지는 알아서 해야 하오.”
“알았소.”
이야기를 들은 세 사람은 고개를 끄덕였다.
이 정도면 정말 최선을 다해 도와준 것이었다. 더 이상 원
하는 것은 염치가 없는 것이라는 걸 그들도 알고 있었다.
“그럼 짧게 이야기를 나눈 다음 밖으로 나오시오. 각자 할
일을 정해 줄 테니.”
움직일 구역을 미리 정하라는 말이었다.
사람마다 활동 반경이 달랐다.
풍소우의 경우 짧게 보는 것만으로도 파악하는 것이 남들
보다 훨씬 뛰어났다.
주진평은 가장 의심이 되는 구역을 풍소우에게 맡겼다. 그
리고 될 수 있으면 자신도 따라가려고 했다.
둘러보아도 아무것도 얻을 수 있는 게 없다면 감에 의존을
해야 했다.
어머니를 찾는 일이었다.
그런 일에는 아들인 자신이 책임을 지고 나서는 수밖에 없

었다.

세 사람은 짧은 회의를 마치고 밖으로 나왔다.

"가장 의심이 되는 곳은 저곳이다."

"저기?"

풍소우의 말에 주진펑은 눈을 동그랗게 뜨고 멀리 떨어진 오층 전각을 살폈다.

"층층마다 무사들이 배치되어 있는 게 보이지? 우리가 살펴본 곳 중에 가장 경비가 삼엄해. 의심을 해보아야겠지."

"하지만 수뇌부 중 누가 기거하는 곳일 수도 있잖아."

"물론 그럴 가능성도 있어. 그렇다고 살펴보지 않을 수는 없잖아? 저렇게 철저하게 지키고 있는데."

"으음……."

주진펑은 침음을 흘렸다.

풍소우의 말을 어느 정도 이해는 하고 있었다.

이렇게 멀리서 확인하는 것으론 얻을 수 있는 정보가 한정되어 있었다. 그런 상황에 어찌 정확한 판단을 할 수가 있을까.

수상한 곳이라면 일단 의심을 하고 보아야 했다.

주진펑은 말을 하다 말고 다른 한 곳으로 시선을 돌렸다.

"저곳은 어떨까? 난 저기가 수상한 것 같은데."

"저기도 수상하긴 하지."

주진평이 가리키는 곳엔 바위 동굴이 하나 있었다.

안은 들여다보지 못해서 모르겠지만 그곳으로 꽤 많은 사람들이 자주 드나들고 있었다.

뭔가 중요한 장소라는 느낌이 드는 곳이었다.

"그럼 선택을 해라. 저 두 곳 중 어느 곳을 먼저 가볼래? 잘 선택해야 해. 자칫 다른 한 곳은 둘러보지 못할 수도 있으니까 말이야."

풍소우의 말에 주진평은 잠시 고민에 빠졌다.

중요한 사람을 보호하고 있는 곳이라면 풍소우가 말한 오층 전각이 더 가능성이 높을 것 같았다.

한데 그는 이상하게 계속 동굴 쪽으로 눈이 갔다.

"경계가 그렇게 심한 것 같지 않으니 저곳으로 먼저 가보자."

전각으로 갔는데 어머니가 없다면 동굴은 살펴보지도 못하고 움직여야 할 가능성이 컸다.

하지만 동굴엔 경계가 심하지 않으니 살핀 후라도 전각으로 향할 수 있을 것이다.

그런 이유로 주진평은 동굴을 먼저 살피기로 마음을 먹었다.

第九章
혈천교와의 마지막 결전

밤이 깊었다.

주진평을 비롯한 세 사람은 숙소에서 몰래 빠져나왔다.

그들은 몰래 챙겨온 흑의와 복면을 착용하고 있었다.

그렇지 않아도 경계가 삼엄한 곳이었다.

노출되지 않으려면 모든 수단을 다 이용해야 했다.

쉭!

세 사람은 가진 능력을 모두 동원해 경공을 펼쳤다.

발걸음 소리는 들리지 않았다. 그저 바람이 지나갔다는 정도밖에 느껴지지 않을 정도로 극성으로 펼쳐진 경공이었다.

탓!

조심스레 담을 넘은 그들은 일단 동굴이 있는 곳으로 달려 갔다.

다행히 주변에는 처음 살펴보았던 대로 경계가 느슨했다.

[너흰 여기 있어.]

풍소우가 주진평과 장청일에게 전음을 날렸다. 아무래도 은밀히 숨어 있는 자들을 조용히 처리하기에는 풍소우가 나서는 게 나았다.

그는 있던 자리에서 바람과도 같이 사라졌다.

퍽! 퍽!

고작 짧은 소음 밖에 들리지 않았다. 비명 같은 것은 없었다.

풍소우는 그 정도로 빠르고 정확하게 주변을 경계하고 있던 적들을 처리해 나갔다.

남아 있는 두 사람으로서는 혀를 내두를 수밖에 없었다.

정말 귀신같은 솜씨였던 것이다.

'내가 빙한의 기운을 얻었다지만 경공만큼은 아직 소우에게 상대가 안 되겠구나.'

이런 사람이 지금 같이 필요한 때 곁에 있다는 것.

그것은 어쩌면 행복하다고 할 수 있었다.

주진평은 풍소우를 비롯해 자신의 뒤를 든든히 지켜주고 있는 장청일이 문득 고맙다는 생각이 들었다.

'오늘 일만 마무리 된다면 며칠 몇날을 술로 지새워보자.'

그는 의지를 다지며 발걸음을 움직였다.

적들을 다 처리한 풍소우가 동굴 근처에서 신호를 보내고 있었다.

똑! 똑! 똑!

물방울 떨어지는 소리가 동굴 안에 가득 울려 퍼졌다.

그것이 풍소우와 주진평이 움직이는 소리를 숨겨 주었다.

장청일은 밖에서 적들이 오는지 살펴보기로 했다.

그에 어느 정도 마음을 놓은 두 사람은 동굴 깊은 곳으로 계속 걸어 들어갔다.

[소우, 생각보다 깊다.]

[그러네. 이건 예상치 못했는데.]

짧을 것이라 예상했던 동굴은 한참을 들어가도 끝이 보이지 않았다.

더군다나 그들이 서 있는 앞부분부터는 길이 옆으로 꺾여 있었다.

달빛도 들어오지 않아 암흑 같은 그곳.

위험할 수 있다는 생각이 물씬 들기 시작했다.

[조심해라. 여기부턴 내가 앞장선다.]

[그래.]

주진평이 한 발 더 앞서 걸어 나왔다.

그는 감각을 극대로 끌어올렸다.

몸에서 뻗어나간 무형의 기운이 동굴 이곳저곳을 탐색했다.

두 사람은 언제든 출수할 수 있게 준비를 마친 상황이었다.

저벅저벅.

어느 순간부터 물방울 떨어지는 소리도 들리지 않았다.

동굴 가득 울리는 발자국 소리, 그것이 두 사람을 더욱 긴장시키고 있었다.

팟!

"……!"

큰 소리는 아니었다. 하지만 주진평은 분명히 느꼈다.

무언가가 자신을 향해 움직였음을 말이다.

휘익!

그가 오른 주먹을 힘차게 휘둘렀다.

퍼억!

수박 깨지는 소리가 터져 나왔다.

적이었다. 누군가가 자신들의 목숨을 노리고 덤벼들고 있었다.

"조심해!"

주진평은 풍소우에게 주의를 주며 왼손을 말아 쥐었다.

사아악!

별안간 동굴을 에워싸는 차가운 기운, 그는 빙한의 기운을 제대로 끌어올렸다.

주먹 주위를 에워싼 얼음들이 밝은 빛을 토하고 있었다.

그로 인해 동굴 안이 환해졌다.

"이, 이놈들은!"

주진평과 풍소우가 동시에 놀랐다.

자신들을 공격한 것은 사람이 아니었다. 아니, 사람이 맞기는 했다.

하나 정상적인 모습의 인간이라 볼 수가 없었다.

오래 전, 은성의가에서 보았던 인간 실험체들이었다.

"은성의가에서 보았던 놈들과는 조금 다른데? 이놈들 의식을 가지고 있는 것 같다."

풍소우의 말에 주진평은 고개를 끄덕였다.

그의 말은 틀리지 않았다. 실험체들은 곧 바로 덤벼드는 게 아니라 두 사람의 빈곳을 살피는 것 같았다.

"그렇다고 여기서 시간을 허비할 순 없지."

타탓!

주진평은 곧바로 적들을 향해 뛰어들었다.

퍼퍼퍼퍽!

그는 마치 돌풍과도 같이 엄청난 기세로 실험체들을 몰아붙였다.

의식이 있든 말든 상관이 없었다. 적의 정체를 안 순간 주진평은 망설이지 않았다.

그에게 이들은 인간으로 느껴지지 않았다.

더군다나 지금은 촌각을 다투는 중요한 시기, 이들에게 빼앗길 시간은 없었다.

고작 찰나의 시간이 지났다.

하지만 주변에 펼쳐진 광경은 금방 전까지완 사뭇 달랐다.

동굴 바닥 전체가 피와 살점들로 뒤덮여 있었다.

주진평이 살아 있는 실험체들을 모두 죽인 상태였다.

"들어가자."

그는 이렇게 된 이상 조심하겠다는 생각을 버린 것 같았다.

어차피 동굴 안에 누군가가 있다면 이곳 상황을 알게 분명했다.

지금은 다른 준비를 못하게 빨리 움직이는 것이 최선이었다.

그들은 그 뒤로도 또 다른 실험체들과 어둠 속에 숨어 있던 살수들을 만났다.

하나 그 누구도 두 사람의 발걸음을 붙잡진 못했다.

빙한의 기운을 완전히 얻은 주진평은 그 정도로 무서운 존재였다.

그들은 이윽고 동굴의 끝부분이라 예상되는 공동(空洞)에 도달할 수 있었다.

"이래가지고는 살펴보기가 힘들겠는데?"

풍소우는 주변을 열심히 둘러보았다.

그러나 어두워도 너무 어두웠다.

동굴에 들어온 시간이 꽤 지났기 때문에 어느 정도 익숙해질 만도 한데 보이는 게 없었다.

칠흑 같은 어둠만이 두 사람을 감싸고 있었다.

풍소우가 주진평에게 다시 한번 빙한의 기운을 일으키라고 주문하려 했다.

화아악!

하지만 그 전에 두 눈을 멀게 할 듯 빛을 뿜어대는 동그란 물체가 보였다.

주진평이 자신의 품에서 야명주를 꺼낸 것이었다.

예전에 사부님들께 받은 물품이었다.

"……그런 게 있었으면 미리 꺼내야지. 그걸 이제야 꺼내?"

풍소우는 주진평을 바라보며 인상을 찌푸렸다.

야명주가 있었다면 고생을 덜 할 수도 있었다. 괜히 지금까지 눈 먼 장님처럼 조심해서 들어온 게 억울할 정도였다.

"……?"

주진평의 얼굴을 바라보던 풍소우의 표정이 의아함으로 물들었다.

자신이 말을 했는데도 대답을 하지 않았다. 게다가 얼굴은 파랗게 질려 있었다.

도대체 무슨 일이란 말인가.

야명주를 잡은 손까지 거칠게 떠는 걸로 봐서는 분명 일이 생겼다는 것을 눈치 챌 수 있었다.

풍소우는 급히 고개를 돌려 주진평의 시선을 쫓았다.

"헉!"

그의 반응도 주진평과 별반 다를 것이 없었다.

두 사람의 앞쪽에는 온갖 도구들로 가득했다.

모두가 동굴을 파기 위한 도구들이었다. 그을린 자국을 보니 폭약을 사용한 것 같다는 생각도 들었다.

도대체 이곳에서 무엇을 하려고 했던 것일까.

하나 그들이 놀라는 것은 그런 도구나 흔적들 때문이 아니었다.

마치 바위로 만들어진 벽처럼 생긴 것이 동굴을 가로막고 있었다.

그리고 그 중앙에는 한 여인이 초췌한 몰골로 서 있었는데 그녀의 온몸은 쇠사슬로 칭칭 감겨 있었다.

"어머니!"

주진평은 여러 생각도 하지 않고 바로 여인에게로 뛰어갔다.

그녀가 그토록 주진평이 찾아 헤매던 자신의 어머니 소화련이었던 것이다.

풍소우도 얼른 뒤를 따랐다.

지금 주진평은 정신이 없어 보였다. 눈에서는 굵은 눈물이 하염없이 흘러내리고 있었다.

저런 상황에 무슨 일이라도 생긴다면 대처를 하지 못할 것이다.

풍소우로서는 그런 일이 생길 때를 대비해 주진평의 곁에서 떨어질 수가 없었다.

"어머니. 어머니!"

주진평은 소화련의 곁으로 다가가 연신 소리만 질러댔다.

몸에 손을 대지 못했다.

그 정도로 그녀의 몸 상태가 좋지 않았다. 아니, 살아 있는지 코에 손을 대지 않고는 확인을 할 수 없을 정도였다.

"일단 사슬을 풀어드리자."

곁으로 다가간 풍소우가 말했다.

주진평은 말없이 소화련을 조심스레 품에 안았다.

서걱! 서걱!

생사편이 움직일 때마다 어른 팔목보다도 두꺼운 쇠사슬이 끊어졌다.

모든 쇠사슬이 끊어지자 소화련의 몸이 힘없이 바닥으로 쓰러지려 했다.

주진평은 그런 불상사가 일어나지 않게 얼른 팔에 힘을 줘 그녀를 안은 후 천천히 바닥에 눕혔다.

소화련은 분명 숨은 쉬고 있었다. 한데 정신을 차릴 생각을 하지 못했다.

마치 몇 개월을 굶은 듯한 모습.

주진평은 어머니의 이곳저곳을 살피다 몸을 부르르 떨었다.

손목에 수도 없이 많은 상처가 나 있었다.

예리한 흉기로 살을 벤 것 같았다.

그 이유를 바로 알 수가 있었다.

청하가 그러지 않았던가. 기관의 문을 열기 위해선 피가 필요하다고.

혈천교의 놈들이 광천무의 내공 심법을 얻기 위해 이렇게도 많은 상처를 낸 것이리라.

주진평은 화를 주체할 수가 없는지 얼굴까지 붉게 달아올라 있었다.

'누가 내 어머니를 이렇게도 힘들게 만들었단 말이냐!'

오래 전에 죽었다고 생각한 어머니였다.

한데 우연히 살아 있을지도 모른다는 소식을 전해 들었다.

그 이야기를 들었을 땐 그저 살아만 계시면 좋겠다는 생각을 했었다.

그것만으로도 다행이라고 여겼다.

하나 막상 이렇게 피골이 상접한 모습을 보니 그런 생각은 사라져버렸다.

오랜 시간 동안 적들에게 둘러싸여 모진 고초를 겪었을 것이다.

마음 붙일 곳 하나 없는 곳에서 얼마나 참담한 심정이었을까.

게다가 당신의 몸은 마치 실험체처럼 수시로 상처가 나고 피가 뽑혔다.

그 고통을 이루 말할 수 있을까? 그 누가 자신의 심정을 이해해 줄까!

정말 죽고 싶은 마음뿐이었을 것이다.

뿌득!

이를 가는 소리가 동굴 가득 울려 퍼졌다.

적어도 아들이라면 그것을 알고도 분노를 참을 수가 없었다.

사람 새끼라면 피눈물을 흘려야 정상이었다.

"이놈들이!"

주진평은 만약 적이 눈앞에 있다면 당장에라도 목줄기를 물어 뜯어버리고 싶었다.

바로 그 순간이었다.

"그래도 눈치는 있는지 바로 찾아왔구나?"

"……!"

갑자기 동굴 전체가 환해지며 들리는 목소리가 있었다.

주진평과 풍소우는 그 목소리의 주인을 알고 있었다.

"네놈!"

풍소우가 생사편을 힘주어 잡았다.

자신의 왼팔을 자른 원흉이 눈앞에 있었다. 외팔이 무인으로 만든 작자가 자신을 바라보고 웃고 있었다.

그는 당장에라도 뛰쳐나갈 것 같았다.

"하하하! 진정하라고. 오랜만에 만났는데 인사라도 나누어
야지. 안 그래?"

곡운성은 풍소우를 보며 환한 미소를 보였다.

그의 주위로는 많은 무인들이 서 있었다. 나이가 지긋하고
기도가 남다른 것이 일반적인 무인들은 아니었다.

한 눈에 모두 고수라는 것이 느껴졌다.

상황이 이렇게 되자 풍소우는 흥분을 가라앉혔다.

지금은 자신 혼자 있는 것이 아니었다.

정신을 놓고 있는 주진평과 금방이라도 숨이 넘어갈 것 같
은 소화련이 같이 있었다.

이들을 보호하는 것이 우선이었다.

그는 침착한 얼굴로 일단 주변을 살폈다.

'도대체 저들이 어떻게 이곳으로 들어 온 거지? 전혀 기척
을 느끼지 못했다. 더군다나 청일이 그 자식이 적들이 오는
것을 우리에게 알리지 않았을 리도 없다. 혹 알릴 새도 없이
당한 것인가?'

문득 장청일이 걱정되었다.

이들이 이곳까지 나타났다는 말은 장청일을 처리했다는
말이 아니겠는가.

그의 머릿속이 수많은 생각으로 터져나가려고 하는 그때
였다.

저벅저벅.

발걸음 소리 하나가 들려왔다.

그 소리는 울림부터가 남달랐다.

묵직하면서도 불길한 소리, 듣는 것만으로도 소름이 돋고 있었다.

풍소우는 급히 소리가 난 곳으로 고개를 돌렸다.

그곳에는 미처 아까는 발견하지 못한 작은 동굴 하나가 있었다.

그곳으로 백발의 노인 한 명이 걸어 나오고 있었다.

"준비가 되었느냐?"

그의 등장에 곡운성을 비롯한 모든 혈천교의 무인들이 고개를 숙였다.

혈천교주 마적태(馬積泰).

그가 무림을 지금 같은 풍비박산 상태로 만든 혈천교의 수장이었다.

"으음……"

그를 본 풍소우는 자신도 모르게 뒷걸음질치고 말았다.

눈동자 자체가 붉은색으로 빛나고 있었다. 그리고 몸 전체에서 뿜어져 나오는 광포한 살기.

그것은 인간 본성 중 하나인 공포를 절로 자아내게 만들었다.

좌천패나 용악군처럼 무림의 정점에 선 절대자보다는 지옥에서 막 올라온 야차의 모습을 보는 것 같았다.

풍소우는 속으로 직감했다.

이곳에서 살아서 나갈 수 없음을 말이다.

그는 두려움으로 몸을 부들부들 떨고 있었다.

"준비가 되었으면 시작하라."

마적태의 조용한 목소리가 동굴을 떨게 했다.

그에 맞춰 곡운성을 필두로 한 혈천교의 수뇌부들이 천천히 발걸음을 움직였다.

그들의 눈이 향한 곳은 다름 아닌 주진평이 있는 곳이었다.

곡운성이 입을 열었다.

"큭큭! 걱정하지 마라. 네놈이 분노할 수 있게 그 년을 죽이지는 않았다. 워낙 성질이 드세서 정말 한 수에 쳐서 죽이고 싶은 생각이 굴뚝같았지만 악착같이 참았단 말이다. 이렇게 네놈들을 한꺼번에 죽이게 되었으니 그것으로 위안을 삼아야지."

그는 지금까지 참았다는 말을 하고 있었다.

도대체 무엇 때문에 참으면서까지 소화련을 살려두었단 말인가?

풍소우로서는 쉽사리 이해가 되지 않았다.

혈천교의 무인들이 지척까지 다가왔다.

그 상황이 되어서야 풍소우는 정신을 차릴 수가 있었다. 마적태에게 느꼈던 공포를 떨쳐낸 것이다.

"다가오지 마라!"

쉭쉭! 쉭쉭!

생사편이 마치 뱀이 내는 소리를 흘리며 허공을 장악했다.

'낭패다! 이놈들이 파놓은 함정일 줄이야.'

이제야 어느 정도 이해가 되었다.

적들은 어느 이유에선지 주진평을 일부러 이곳으로 유인하려 한 듯 보였다.

소화련을 신녀라고 칭하며 이 행사를 마련했고 그에 혹해서 이곳으로 달려올 주진평을 위해 혈천교 안에 있는 건물들을 배치했다는 말 같았다.

"이곳까지 저놈을 유인하느라 고생을 많이 했다. 그러니 이번에는 날뛰지 않고 그냥 죽어라. 그럼 우리는 고맙다고 여길 생각이다. 시체는 곱게 묻어줄 테니 그냥 조용히 가거라."

'역시! 어머니의 소식을 들은 어린 주군이라면 어떤 방법을 써서라도 이곳으로 올 것이라 예상을 했구나!'

풍소우는 눈을 부릅떴다.

곡운성의 말을 들으니 자신의 추측이 옳았음을 깨달은 것이다.

저들은 건물 배치도 일부러 지금처럼 한 것이었다.

수상쩍은 곳을 찾으려면 동굴과 오층 전각, 딱 그 두 곳만 보이게 말이다.

전각에는 고수들을 곳곳에 배치해서 다가가길 꺼려하게 만들고 우선적으로 동굴을 살필 수 있도록 계획을 세웠다.

누가 보아도 확실하게 한 곳만 수상하다면 쉽사리 다가갈 리가 없지 않은가.

저들은 주진평을 이곳으로 끌어들이기 위해 치밀하게 준비를 했던 것이다.

하지만 한 가지, 이곳에 주진평이 추측했던 대로 소화련이 실제로 있다는 것은 이해가 되지 않았다.

여기까지 끌어들여 궁지로 몰았으면 성공일 텐데 왜 그녀가 필요했을까?

'그러고 보니 저놈들은 어린 주군을 왜 이렇게 필요로 하는 거지?

풍소우의 생각은 거기서 더 길어지지 못했다.

적들이 세 사람이 있는 곳으로 본격적으로 뛰어들기 시작했기 때문이다.

쐐액!

콰쾅!

"큭!"

생사편을 힘차게 휘두른 풍소우의 얼굴에 그늘이 졌다.

고작 한 명과 충돌한 것인데 팔목까지 올라오는 반탄력이 상당했다.

고수라는 말이었다.

그 혼자서 이 모든 사람을 방어할 수 없다는 것을 뼈저리게 느꼈다.

정말 암담한 순간이었다.

타탓!

거기에 풍소우의 능력이 심상치 않다는 것을 느낀 적들이
일제히 달려들고 있었다.

풍소우로서는 목숨을 버릴 각오로 싸우는 수밖에 없었다.

"이얏!"

그의 기합성이 동굴을 쩌렁쩌렁 울리게 만들었다.

변화가 생긴 것은 그 순간이었다.

콰직!

기합성을 뚫고 들려오는 기괴한 소리.

그리고 이어서 엄청난 기세가 그의 뒤편에서 뿜어져 나왔
다.

풍소우는 바람이 곁을 스쳐지나가는 것을 느꼈다.

하나 그것은 바람이 아니었다.

콰콰쾅!

"크아악!"

달려들던 혈천교의 고수들이 곤죽이 되어 벽에 부딪혔다.

자신이 휘두른 생사편으로는 절대 일어날 수 없는 일이었
다.

풍소우는 급히 시선을 뒤로 돌렸다.

화르륵!

주진평의 오른팔이 뜨겁다 못해 펄펄 끓는 기운을 뿜어대

고 있었다.

금방 있었던 현상을 모두 저것으로 인해 생긴 것이었다.

뚝뚝뚝!

주진평의 오른 주먹에선 붉은 피가 방울져 흘러내리고 있었다.

바닥에는 열화지석으로 보이는 파편들이 흩어져 있었다.

빙한지석에 이어 드디어 열화지석까지 깨뜨린 것이었다.

주진평이 바라던 숙원 중 하나가 이루어졌다.

하지만 정작 주진평은 그에 대한 별다른 감흥이 없는 것 같았다.

그의 눈에 희열이나 감동 같은 것은 없었다. 오로지 분노만이 가득했다.

"오늘 너희는 모두 여기에서 죽는다. 내가 죽는 한이 있더라도."

탓!

바닥을 박차는 소리가 들렸다. 하나 그 소리가 모두의 귀에 들렸을 땐 주진평은 자리에서 사라지고 없었다.

퍼억!

그리고 별안간 허공으로 피가 뿌려졌다.

주진평 일행과 가장 가까이 위치해 있던 혈천교의 장로 한 명이 죽은 것이었다.

화르륵!

주진평의 은 더욱 뜨거운 열기를 뿜어대고 있었다.

그의 손에서 하염없이 흘러내리던 핏방울은 바닥에 닿기도 전에 증발해 흩어졌다.

왼팔에는 모든 것을 얼려 버릴 것 같은 시린 냉기가 쏟아져 나와 동굴의 한편을 잠식하고 있었다.

열화의 기운과 빙한의 기운은 서로의 공간을 침범하지 않고 공존하고 있었다.

백안(白眼)과 적안(赤眼)이 동시에 귀화처럼 일렁였다.

주진평은 더없이 섬뜩한 모습으로 적들을 바라보았다.

"흐음!"

그 모습을 본 혈천교의 장로들이 침음을 흘렸다.

그냥 보아도 예사로운 분위기가 아니었다.

한 사람이 상반된 두 가지 기운을 일으킬 수 있다니.

퍼억! 퍼억!

그들이 놀라 멍하니 바라보는 사이에도 동료들은 죽어갔다.

주진평은 전신(戰神)이 되어 동굴 안을 휩쓸고 있었다.

"뭣들 하는가! 어서 처리하지 않고!"

장로들 중 한 명이 주변을 향해 소리쳤다.

그제야 이곳에 있는 혈천교의 전 무인들이 정신을 차리고 주진평을 향해 덤벼들었다.

그들의 얼굴에 서린 굳은 의지를 보니 죽음을 각오한 것 같았다.

혈천교의 염원을 위해 희생하고 있는 것이었다.

그들과 주진평은 엄청난 기세로 전투를 벌이고 있었다.

한 눈에 보아도 혈천교의 사람들이 밀리고 있는 형국이었다.

그러나 마적태를 비롯해 곡운성 등은 그들의 전투를 돕지 않았다.

오로지 한 곳만을 바라보고 있었다.

사르르륵!

"……! 이, 이게 뭐야?"

풍소우는 자신이 서 있는 바닥을 보곤 화들짝 놀랐다.

갑자기 바닥이 환하게 빛나고 있었다.

그 빛은 한 점을 시작으로 넓게 퍼져 뒤편에 있는 벽에까지 영향을 주고 있었다.

그것은 이내 바닥과 벽 전체를 환하게 만들었다.

단 한 곳만 제외하면 말이다.

붉은 점이 찍혀 있었다.

가만히 들여다보면 그 안에 들어 있는 것은 피였다.

바로 주진평의 주먹에서 흘러내린 피가 그곳에 있는 것이었다.

"오오! 드디어!"

마적태가 천천히 벽을 향해 걸어갔다.

　그는 주변에서 죽어나가고 있는 자신의 부하들에겐 관심이 없는 것 같았다.

　오로지 벽에만 시선이 고정되어 있었다.

　그르르릉!

　그 순간, 풍소우의 뒤편에 있던 벽이 천천히 움직이기 시작했다.

＊　　＊　　＊

　"공격하라!"

　와아아아!

　아직 동도 트지 않은 새벽, 별안간 사람들의 정신을 깨우는 함성소리가 있었다.

　"이, 이게 무슨 소리야?"

　행사 일정이 코앞으로 다가온 상황이었다.

　해서 평소보다 일찍 일어나 움직일 채비를 하던 사람들은 놀란 눈으로 주변을 두리번거렸다.

　이런 함성소리가 혈천교 내부에서 날 리가 없었다.

　더군다나 바닥이 흔들릴 정도로 떨려오는 이 울림.

　이것은 전쟁터에서나 느껴볼 법한 것이었다.

　챙챙챙!

　급기야 병장기 부딪히는 소리까지 들려왔다.

그 소리는 혈천교의 정문에서부터 점점 안으로 번지고 있었다.

사람들은 그제야 확실히 깨달았다.

“저, 적이다! 적들이 쳐들어왔다!”

혈천교 내에 있던 모든 사람들이 전쟁 준비를 해서 밖으로 나왔다.

거기에는 혈천교에 투신한 사람들도 포함되어 있었다.

“서, 성야맹과 패왕성 놈들이다! 다른 문파의 놈들도 있어!”

혈천교에 투신한 사람들은 위기를 직감했다. 그리고 절대 지지 않겠다는 의지를 불태웠다.

그들은 알고 있었다.

여기서 밀려 적들이 승리하게 된다면 자신들은 배신자로 남을 수밖에 없다는 것을 말이다.

그리 되면 평생을 죄인처럼 살아야 할 게 분명했다. 아니, 살아 있을 수 있는지 조차 의문이었다.

질 수 없었다.

그들로서는 어떻게든 이기려고 악을 쓰고 있었다.

퍼퍼퍽!

피와 살점들이 갈기갈기 찢어져 허공에 흩어졌다.

“그놈들은 어디에 있느냐?”

성야맹주인 기천극은 쉬지 않고 손을 쓰며 누군가를 찾고 있었다.

그는 용악군을 좋아하지 않았다. 해서 될 수 있으면 그와 함께 움직이길 원하지 않았다.

하지만 만공향을 멸문시킨 우봉 사람들이 이곳에 있었다.

어떤 일이 있더라도 그들은 용서할 수가 없었다.

그가 용악군과 함께 이곳에 온 이유였다.

"공격! 공격하라고!"

기천극의 눈에 고래고래 소리를 지르는 한 사람이 눈에 들어왔다.

그 사람은 기천극이 아는 사람이었다.

바로 우봉에 소속되어 있던 호방이란 자였다.

"거기에 있었구나."

기천극은 주저하지 않고 바로 그곳으로 몸을 움직였다.

호방은 싸우지 않고 있었다.

소리만 지르고 있었다.

그것이 이상했는데 가까이 가보니 그 이유를 알 수 있었다.

"이, 이게 무슨!"

기천극답지 않게 당황한 얼굴이었다.

그의 눈에 미친 듯 성야맹의 무사들을 도륙하는 만공향 우봉 사람들이 눈에 들어왔다.

그들의 눈에 생기라고는 찾아 볼 수가 없었다.

'설마!'

보고 받은 적이 있었다.

혈천교에는 사람의 정신을 조종할 수 있는 술책이 있다고.

기천극은 우봉 사람들을 보자마자 바로 느낌이 왔다.

저들이 바로 그 술책에 당한 것 같았다.

"허어!"

허탈했다. 그렇게 분노하고 원망했건만 그 모든 것이 자신들의 의지가 아니라는 말이었다.

저들 또한 혈천교에 당한 불쌍한 만공향의 사람들이었던 것이다.

기천극의 눈이 호방에게로 향했다.

"네놈이구나. 네놈이 이 모든 것을 일으킨 원흉이구나!"

지금껏 그가 가지고 있던 모든 분노가 호방에게 쏟아졌다.

"……!"

호방도 자신에게 쏟아지는 살기를 느낀 것 같았다.

그의 눈이 기천극을 바라보고 있었다.

"허, 헉! 저, 저자를 죽여라! 저자를 죽여!"

화들짝 놀란 호방은 자신의 말을 따르고 있는 우봉의 무인들을 기천극이 있는 곳으로 움직이게 만들었다.

타탓!

만공향의 무인들이 자신에게 다가오고 있었다.

하지만 기천극은 선뜻 손을 쓸 생각을 못하고 있었다.

"불쌍한 사람들 같으니라고……."

그의 눈이 슬픔으로 젖었다.

지금 이 자리에서 우봉과 좌봉은 필요가 없었다.

그저 불쌍하고 안타까운 만공향의 사람들만 있었다.

어찌 이런 일이 일어났다는 말인가.

고작 한 사람 때문에 말이다.

그렇다고 두고 볼 수만은 없었다.

저들을 살려두면 다른 사람들이 피해를 볼 게 아닌가.

기천극이 천천히 손을 들어올렸다.

하나 그 전에 그의 행동을 말리는 사람이 있었다.

"이 일은 내가 하게 해주게."

기천극은 돌아보지 않고도 누군지 알 수 있었다.

"그리 하게. 그게 순리인 것 같군."

"고맙네."

한 사람이 그를 지나쳐 앞으로 걸어 나왔다.

두 주먹에서 붉은 기운을 일으키고 있는 사람이었다.

그가 지나가는 것만으로도 주변 공기가 뜨겁게 달아올랐다.

무신 용악군, 그가 그 자리에 서 있었다.

모든 무공을 잃어버렸다고 소문났던 그가 예전과 다름없는 모습으로 그곳에 서 있었던 것이다.

용악군은 굳은 눈빛으로 앞을 바라보았다.

우봉의 사람들이 자신에게 다가오는 것이 눈에 보였다.

모두 자신을 따르던 사람들이었다. 한데 지금에 와선 자신을 공격하러 오고 있었다.

"어찌 이리 되었단 말인가."

안타까웠다. 가슴이 찢어질 듯 아팠다.

그러나 되돌릴 수 있는 방법이 없음을 주진평에게 들어 알고 있었다.

혈천교의 술책에 당하면 정상인으로 돌아올 수 없다고 하지 않았던가.

그렇다면 다른 사람이 아닌 자신이 끝을 내야 했다.

그것이 저들을 편안하게 보내주는 것이었다.

콰아아아!

용악군의 몸에서 뿜어져 나온 붉은 기류가 하늘로 치솟아 오르더니 용(龍)의 형상으로 변했다.

그를 무신으로 추앙받을 수 있게 해준 절기가 펼쳐진 것이었다.

"너희와 함께 해 즐거웠다. 부디 편히 떠나거라."

용악군은 자신에게 달려오는 우봉의 사람들에게 힘차게 주먹을 휘둘렀다.

그의 눈에는 물기가 어려 있었다.

*　　　*　　　*

"동굴 안에도 사람들이 있다! 혈천교의 수뇌부들이 이곳에
서 싸움을 벌이고 있다고!"

한 사내가 큰 소리로 소리쳤다.

그것을 들은 몇몇 사람들이 반응을 했다.

모두가 혈천교를 공격한 문파의 수장들이었다.

"같이 가겠소?"

좌천패가 기천극의 옆으로 다가와 물었다.

혈천교의 수장들은 그라도 방심할 수 없는 사람들이었다.

장로 한 명이 검존을 압박하는 것을 두 눈으로 확인하지 않
았던가.

"갑시다."

사납게 움직이고 있는 용악군을 보던 기천극이 뒤로 몸을
돌리며 답했다.

이곳에서 이제 그가 할 일은 없었다. 모두 용악군이 대신하
고 있지 않은가.

그는 이런 아픔을 자신에게 준, 그리고 무림 전체를 수렁에
빠뜨렸던 혈천교의 수뇌부들을 처단하는 것이 현 성야맹주로
서 자신이 할 일이라는 것을 알고 있었다.

그것만이 죽은 부하들과 멸문해버린 만공향을 위해서 할
수 있는 일이었다.

두 사람이 움직이기 시작하니 주변으로 다른 문파의 수장
들도 모여 들었다.

거기엔 검존도 있었고 황무경도 포함되어 있었다.

그들은 금방 동굴의 입구에 다다랐다.

모두가 깊게 숨을 들이마시며 앞으로 있을 격전에 대한 마음의 준비를 할 때,

저벅저벅.

"……!"

갑자기 한 노인이 걸어오더니 먼저 동굴의 입구로 들어가 버리는 것이 아니겠는가.

보통 이런 일이 생기면 좌천패나 기천극을 대신해 다른 사람들이 화를 내야 했다.

찬물도 위아래가 있는 법, 어찌 천하를 양분하고 있는 양대 세력의 수장들보다 앞서 움직일 수가 있다는 말인가.

하나 그 누구도 방금 들어간 노인에게 그런 행동을 하지 못했다.

"저, 저분은 만공향주가 아닙니까?"

"아마도 맞는 것 같은데. 어찌 지금에서야……."

기천극은 사람들의 말을 듣고도 아무런 반응을 하지 않았다.

그는 만공향주인 종천리의 눈에 깃든 분노를 보았기 때문이다.

세상에 나와 직접 무위를 보인 적이 없어 그저 만공향의 정신적인 지주 역할을 하고 있지만 용악군과 기천극은 알고 있

었다.

두 사람의 사형인 종천리야말로 진정한 절대자라는 것을 말이다.

그의 무위는 두 사람보다 상위에 있었다.

그에 대해선 좌천패도 들은 적이 있는지 별다른 말을 하지 않았다.

단지 조용히 동굴 안으로 발걸음을 옮길 뿐이었다.

분위기가 더 이상 떠들면 안 된다는 것을 느꼈을까.

다른 수장들도 입을 다물고 동굴 안으로 발걸음을 내딛었다.

"넌 여기에 있거라."

"네, 사부님."

마적태가 새로이 나타난 동굴 안으로 발걸음을 옮기는 것을 보고 곡운성은 제자리에 섰다.

그의 눈에는 그 누구도 이 동굴 안으로 들여보내지 않겠다는 의지가 엿보였다.

"……."

풍소우는 몸이 잔뜩 굳어 움직이지를 못했다.

금방 들어간 마적태의 기세에 압도당했기 때문이었다.

그 모습을 보고 곡운성이 미소를 지었다.

"네놈들이 바로 이곳으로 와줘서 너무도 고맙다. 수고를 덜었거든.”

“무, 무슨 소리지?”

“우리가 이곳을 찾고 광천무의 내공심법을 얻으려 했을 때, 크나큰 문제가 있다는 것을 알아차렸지. 우리가 가진 것만으로는 이 문을 열 수가 없었거든. 이곳은 애초에 저 년으로는 열수가 없었던 거지.”

혈천교에서 이곳을 찾은 지는 꽤 시간이 흘렀다.

한데 아직도 광천무의 내공심법을 얻지 못하고 있었다.

바로 주진평의 어머니인 소화련이 이 문을 여는 열쇠 역할을 하지 못한 탓이었다.

혈천교에서도 그 사실을 한참의 실험 끝에 알 수 있었다.

“여러 실험을 통해 알게 된 사실이 있었지. 이곳을 열려면 기관을 설치한 장인 가문의 피가 필요하다는 것, 그것도 여자가 아닌 분노한 성인 남성의 피가 필요했다.”

“……!”

풍소우로서는 놀랄 수밖에 없었다.

생각보다 기관 장치를 여는데 상당한 조건이 필요했던 것이다.

더군다나 그 조건을 맞추는 것도 쉽지 않아보였다.

성인 남성의 피, 그것도 분노한 사람의 것이 필요하다니.

“서, 설마 그래서!”

별안간 머리를 스치고 지나가는 생각이 있었다.

자신이 의아해하지 않았던가. 주진평의 어머니가 이곳에 묶여 있다는 것을 말이다.

곡운성의 이야기에서 그에 대한 의문이 풀리고 있었다.

"그래 모두 계획된 일이었다. 이 문을 열기 위해 모든 조건을 갖춘 사람은 주진평이라는 저놈, 단 한 명밖에 없었거든. 그래서 저놈의 어미를 이곳에 매달아 둔 것이었다. 게다가 열쇠 중 하나인 족자를 들고 있는 사람도 저놈이었지."

이들이 이곳으로 주진평을 끌어들인 모든 사실이 밝혀졌다.

아마 혈천교에서도 이런 사실을 알게 된 것이 그리 오래 되지는 않았을 것이다.

소화련을 지금까지 살려둔 것만 봐도 알 수가 있지 않은가.

만약 그 전부터 이 사실을 알았다면 예전에 그녀를 죽였을 터였다.

주진평을 분노케 할 만한 것은 많지가 않은가.

다행히 이 사실을 알았을 때, 소화련은 많은 피를 빼앗기기는 했으나 살아 있었고 건물을 짓고 있던 초기였다.

해서 급히 이런 계획을 세워 결국 자신들이 원하던 것을 얻을 수 있게 되었다.

오랜 고생이 있었던 만큼 곡운성은 살짝 상기된 표정이었다.

"조금만 기다려라. 너희는 진정한 절대자의 강림을 볼 수 있을 것이니 말이다. 이 세상을 피로 물들여 주겠다."

그는 호언장담을 하고 있었다.

누군가가 자신을 향해 살기를 날리고 있는 것을 모르고 말이다.

"그랬군. 단지 그런 이유만으로 우리 가족들을 지금까지 이렇게 괴롭힌 것이었군."

"……!"

혈천교의 수뇌부들을 상대하던 주진평이 돌연 몸을 돌려 곡운성을 향해 걸어오고 있었다.

그의 몸에서 흘러나오는 기운은 실로 놀라웠다.

사람이 이런 모습을 보일 수 있는지 의아할 정도였다.

하지만 곡운성은 그리 당황하지 않았다.

저벅저벅.

자신의 사부가 들어갔던 동굴 안에서 발걸음 소리가 들린 탓이었다.

마적태가 나온다면 주진평 정도는 심심풀이로 상대할 수 있을 것이라 여겼다.

그만큼 사부의 광천무는 완성이 되어 있었다. 아직 완벽하지 않은 것만으로도 말이다.

곡운성은 마적태의 무위를 현존하는 그 누구보다 높다고 생각하고 있었다.

그런 상황에 안에 무엇이 있을지 정확히 모르나 광천무에 관련된 것을 얻기만 하면 어떻게 될까?

그는 그 생각만으로도 즐거운 듯 보였다.

하나 그런 얼굴을 보는 주진평의 마음은 좋지가 않았다.

아니 오히려 더욱 분노에 휩싸였다.

그가 풍소우를 바라보며 말했다.

“어머니를 모시고 밖으로 나가 있어.”

“아, 알았다.”

이상하게 주진평이 근처로 다가오니 굳어 있던 몸이 풀렸다.

그는 발걸음을 움직일 수 있었다.

그러나 얼마 가지 못해 다시 멈춰서야 했다.

앞을 가로막고 있는 적들을 본 탓이다.

콰쾅! 콰콰쾅!

한쪽에서는 뒤늦게 동굴 안으로 들어왔던 장청일이 최선을 다해 적과 싸우고 있었다.

하지만 한눈에 역부족이라는 것이 느껴졌다.

자신이 밖으로 나갈 수 있게 도와줄 여력이 없는 것이다.

풍소우으로서는 이러지도 저러지도 못하는 상황이었다.

그때, 일단의 무리가 동굴을 지나 이 공동으로 들어섰다.

그것을 본 풍소우의 표정이 돌연 달라졌다.

반가운 얼굴들이 보였던 것이다.

그 중에 가장 선두에 선 사람을 보곤 화들짝 놀라기도 했다.

설마 만공향에서 만났던 향주 종천리가 나타날 줄은 몰랐던 것이다.

타탓! 타탓!

각 문파의 수장들은 공동에 도착하자마자 몸을 움직였다.

앞을 가로막고 있는 적들을 처리하기 위해서였다.

적들 중 몇 명은 종천리의 정체를 눈치채지 못하고 달려들었는데 그들은 비명 한번 질러보지 못하고 가루가 되어 허공에 흩어졌다.

실로 가공할 무위였다.

공동 안은 순식간에 아수라장으로 변했다.

모두가 목숨을 걸고 최선을 다해 싸우고 있었다.

좌천패는 풍소우의 곁을 지나가며 말했다.

"어서 나가거라."

소화련을 밖으로 이동시키려면 지금밖에 기회가 없었다. 조금 있으면 더 큰 전투가 벌어지지 않겠는가. 그리고 그녀의 상태도 위급해 보였다.

풍소우는 고개를 숙이는 것으로 인사를 대신하고 바닥을 박찼다.

그가 공동을 벗어나는 것을 본 주진평은 그제야 안심하고 곡운성을 바라볼 수가 있었다.

"꺼져라."

열화의 기운으로 넘실거리는 주먹이 허공을 꿰뚫었다.

주먹은 곧장 곡운성의 얼굴로 향했다.

하나 목표한 것을 적중시키지는 못했다.

쐐액!

엄청난 파공음과 함께 붉은 강기가 주진평에게로 날아왔
던 것이다.

주진평도 보고만 있을 수는 없었다.

콰콰쾅!

고작 강기 한 줄기였다. 그러나 그것을 막기 위해 주진평은
세 번이나 주먹을 휘둘러야 했다.

그만큼 강기에 실린 힘이 강했던 탓이다.

강기의 위력을 알아본 사람들은 그것이 날아온 곳으로 시
선을 돌렸다.

동굴 입구에는 한 사람이 서 있었다.

마적태였다.

한데 그의 생김새가 들어갈 때와는 전혀 달랐다.

백발이 아니라 적발로, 그의 얼굴은 젊은 사람의 피부처럼
깨끗했다.

곡운성은 그가 광천무를 제대로 얻었음을 직감했다.

"경축 드리옵니다!"

마적태가 무릎을 꿇은 제자를 바라보았다.

그의 얼굴엔 희미한 미소가 그려져 있었다.

"으음……."

좌천패와 기천극의 입에서 침음이 흘렀다.

마적태의 몸에서 흘러나오는 기도가 상상을 초월했던 것이다.

자신들을 훨씬 웃돌고 있었다.

"크하하하하!"

마적태의 웃음소리가 공동 안을 쩌렁쩌렁 울렸다.

음성에는 내공이 잔뜩 실려 있었다.

사람들은 귀를 막을 수밖에 없었다. 내공이 비교적 약한 자들은 입으로 피를 쏟으며 자리에 주저앉았다.

문파의 수장들이라는 사람도 견딜 수가 없는 수준이었다.

좌천패와 기천극 또한 순간 기혈이 들끓는 것을 느꼈다.

멀쩡한 사람이라곤 종천리와 주진평이 유일했다.

주진평은 좌천패와 용악군이 준 힘을 모두 흡수하며 사부를 능가하는 강자가 된 것이었다.

"성장했구나. 괜찮으면 나와 함께 가겠느냐?"

종천리는 어느새 주진평의 곁으로 다가와 묻고 있었다.

주진평은 생각도 하지 않고 바로 고개를 끄덕였다.

그에 종천리가 웃었다.

"공 사제의 죽음을 듣고 기분 전환이 필요했단다. 그렇지 않으면 모든 제자들을 풀어 저놈들을 어떻게든 찾아낼 것 같았거든."

"어떻게든……."

그 의미를 주진평은 알 것 같았다.

혈천교의 주구들은 거의 모든 문파에 숨어 있었다. 그들 한 명 한 명을 이 잡듯 뒤진다면 어떻게 되었을까?

무림은 혼돈에 빠졌을 것이다. 어쩌면 피바람이 불었을 지도 모른다.

세상이 가장 강한 단일 세력이라 인정하는 만공향의 분노한 무인들이 그들을 찾기 위해 어떤 수단을 동원할지 모르니 말이다.

"해서 기분 전환이 필요했단다. 평화로운 세상을 한번 둘러볼 필요가 있었지. 그래야 이 질서를 깨뜨리지 않을 게 아니냐. 한데 그 모든 게 나의 불찰이었구나."

그가 자리를 비운 사이, 만공향은 혈천교의 술책에 빠져 자중지란을 겪다가 결국 멸문하고 말았다.

그 소식을 접한 종천리가 얼마나 큰 충격을 받았을지는 감히 상상도 할 수가 없었다.

자책을 하지 않을 수가 있을까.

정신을 추스르는 게 쉽지가 않았을 것이다.

하지만 그는 그 모든 것을 이겨내고 이 자리에 서 있었다.

사제들과 제자들의 복수라는 일념 하나로 말이다.

"이렇게 바보 같은 사람을 따랐다니. 그 사람들이 하늘에서 나를 비웃고 있을 것 같구나. 허허허!"

갑자기 종천리의 몸에서 항거할 수 없는 거력이 흘러나오기 시작했다.

그것은 마적태와도 비견될 정도로 굉장했다.

"네가 이 불쌍한 늙은이를 도와준다니. 내 마음이 든든하구나. 그럼 부탁 좀 하마."

종천리는 그 말을 끝으로 마적태를 향해 몸을 날렸다.

주진평은 움직이는 종천리의 얼굴에 어린 회한이란 감정을 엿볼 수 있었다.

가족을 잃은 지금 그의 마음이 어떨까.

생각하는 것만으로도 괜히 가슴이 먹먹해졌다.

가족 잃는다는 게 얼마나 큰 슬픔을 주는지 주진평은 알기 때문이다.

탓!

그는 주저없이 몸을 띄웠다. 그리고 범접할 수 없는 기파가 쏟아지는 벽의 동굴 속으로 몸을 던졌다.

콰콰쾅! 우루루쾅쾅!

엄청난 굉음이 동굴을 뒤흔들었다.

떨어져 있는 것이 분명한데도 동굴 밖의 사람들은 마치 바로 옆에 있는 것처럼 엄청난 기파를 맞아야 했다.

동굴 안에서는 어떤 전투가 벌어지고 있을지 감히 상상도 할 수 없을 정도였다.

쿠쿠쿵! 쿵쿠쿠!

공동이 무너지고 있었다. 세 사람의 기운을 견디지 못한 이 동굴 전체가 무너지고 있다고 보아야 했다.

"진평아……."

좌천패는 걱정스런 얼굴을 했다.

세 사람이 들어간 동굴에서 밖으로 뿜어져 나오는 기운을 느낄 수 있었다.

차가운 기운과 뜨거운 기운.

그 두 가지가 분명히 공존하고 있었다.

그 말은 용악군과 그가 그토록 원했던 경지에 주진평이 이르렀다는 말이었다.

기뻐해도 모자랄 판국.

하나 이 상황에 제자를 걱정하지 않을 수 없었다.

그가 보기에 아직 제자는 어린 아이이기 때문이다.

하지만 더 이상 이 동굴 안에서 제자를 기다릴 수가 없었다.

"동굴이 무너진다! 모두 밖으로 나갑시다!"

혈천교의 무인들과 중원 무림의 사람들이 전부 동굴 밖으로 몸을 움직이고 있었다.

아무리 강한 그들이라도 이 동굴 아래에 깔리면 죽는다는 것을 알고 있는 것이다.

그것은 좌천패, 그도 다르지 않았다.

제자가 미덥지 못하면 당장에라도 세 명이 싸우고 있는 곳으로 뛰어들어야 했다.

하나 그가 생각하는 주진평은 걱정이 될지언정 미덥지 못한 제자는 아니었다.

절대자라 불리던 자신과 용악군의 무공을 고스란히 이어받아 두 사람보다 더 높은 경지에 오른 제자가 아니던가.

"우리 밖에서 온전한 모습으로 보자꾸나."

좌천패는 웃는 얼굴로 몸을 돌렸다.

그가 떠나자 동굴은 더욱 빠른 속도로 무너졌다. 그러다 완전히 밖으로 나왔을 땐 동굴은 없었다.

그저 엄청난 규모의 바위투성이 산만 덩그러니 자리하고 있을 뿐이었다.

*　　*　　*

"이 자식아, 일을 그렇게 밖에 못해? 좀 팍팍 들어내란 말이야!"

풍소우는 아침부터 장청일을 구박했다.

그 모습을 본 좌천패가 슬며시 미소를 지었다.

혈천교를 무너뜨린 지가 벌써 한 달이 다 되어가고 있었다.

하지만 아직 많은 사람들이 혈천교 본 단이 있던 이곳을 떠나지 못했다.

주진평을 못 찾았기 때문이다.

좌천패가 자신의 옆에 서 있는 용악군을 향해 말했다.

"분명 그놈이 마지막으로 썼던 초식은 우리가 만든 빙화경천(氷火經天)이 틀림없네."

혈천교와의 마지막 결전이 있던 그날, 이곳에 있는 모든 사람들이 보았었다.

하늘로 무섭게 뻗어 올라가는 두 마리의 용을 말이다.

적룡과 백룡, 열화의 기운과 빙한의 기운이 어린 두 주먹을 맞부딪히며 만들어낸 현상이었다.

두 사람은 그것이 가능할 것이라 생각지 않았다. 어디까지나 이론적인 무공이었다.

하지만 주진평은 그 초식을 이뤄내고 말았다.

자신들이 만든 초식을 현실에서 구현한 것만 해도 두 사람은 가슴이 벅차오르는 것을 느꼈다.

빙화경천의 파괴력은 상상을 초월했다.

혈천교의 본 단이 있던 이 산을 완전히 무너뜨려 버렸으니 말이다.

이 정도면 마적태, 그의 할아버지가 온다고 해도 죽일 수 있다고 생각하는 두 사람이었다.

하나 문제가 생긴 것은 그 뒤였다.

산 전체가 무너지며 주진평이 있던 장소까지 막아버린 것이다.

여기 있는 많은 사람들은 지금 주진평과 종천리를 찾기 위해 남아 있는 자들이었다.

부르르르!

"응?"

좌천패가 의아하다는 얼굴로 용악군을 바라보았다.

용악군은 온몸을 떨고 있었다. 얼굴까지 붉게 달아오른 게 단단히 흥분한 것 같았다.

결국 그의 입이 열렸다.

"이 자식아! 내가 분명히 화빙경천(火氷經天)이라고 말했지! 왜 네놈 마음대로 빙화경천이야! 이거 완전히 웃기는 놈이네?"

용악군은 눈꼬리를 치켜 올렸다.

그가 화난 이유는 단지 초식의 이름 때문이었다.

두 사람은 그 문제로 실랑이를 벌이기 시작했다.

"참 나이를 먹어도 저러니, 쯧쯧! 참으로 한심한 노릇이야."

약선이 그들을 바라보며 고개를 절레절레 흔들었다.

그녀의 옆에는 주청학과 주여설, 그리고 주운휘와 소화련까지 같이 있었다.

소화련은 아직도 병색이 완연한 모습이었다.

하나 빠르게 몸이 회복되어 가고 있었다. 그 증거로 며칠 전까지만 하더라도 거동이 불가능했는데 지금은 걷고 있지 않은가.

모두 약선의 도움으로 가능한 일이었다.

"상공, 우리 진평이 괜찮겠지요? 그 아이가 살아 돌아오지 못한다면 전 어찌 해야 할지……."

소화련이 눈물을 글썽였다.

그것을 본 주청학은 화들짝 놀라며 그녀를 달랬다.

"허허! 진평이를 믿읍시다. 그놈이 분명 돌아오겠다고 큰 소리를 치며 떠났단 말이오. 애들아, 그렇지 않느냐?"

"맞습니다, 어머니. 걱정하지 않으셔도 될 거예요. 진평이는 약속을 어기지는 않잖아요. 더군다나 고집이 세서 어떻게든 우리 가족 곁으로 돌아올 거예요. 약선곡에 갔을 때도 그랬는걸요?"

"맞아요, 어머니. 우리 형님을 한번 믿어 봐요."

모든 가족들이 나서 소화련을 위로 했다.

게다가 그들 외에 다른 사람들도 주청학의 말을 거들었다.

"그 사람은 그렇게 갈 사람이 아니에요. 제가 보고 싶어서라도 돌아올 걸요? 호호호!"

백수연을 필두로,

"아직 은혜를 갚지도 못했습니다. 돌아올 겁니다. 반드시 돌아와야 합니다. 그래야 저도 은혜를 갚고 얼굴을 들고 다닐 수 있어요."

"맞습니다. 주 공자는 그렇게 갈 사람은 아니지요. 저희도 보은을 하려면 꼭 만나야 합니다."

청하, 추인혼과 같이 이곳으로 달려온 사천당가의 가주 당초웅을 비롯해 아미파, 악산산채의 사람들도 주진평이 살아 돌아올 것이라 말하고 있었다.

사천에 있는 문파들은 사천당가를 중심으로 규합해 혈천교와의 전쟁에 뛰어들었었다.

이들은 수뇌부가 모조리 빠져 밀리고 있던 중원 무림의 편으로 뛰어들어 크나큰 도움을 주었었다. 더군다나 혈천교의 무인들이 자신의 몸을 폭발시켜 적을 주살할 수 있음을 알려 폭신환의 피해를 최소한으로 만들었다.

해서 지금 무인들이라면 이들을 볼 때마다 인사를 건네고 있었다.

생명을 구해준 은인이지 않은가.

아직 혈천교와의 전투는 완전히 끝나지 않았다.

이곳에서 도망친 청의문을 비롯한 잔당들이 있기 때문이다.

하나 그들을 처리하는 데는 오랜 시간이 걸리지 않을 것 같았다.

전 무림이 나서 그들을 뒤쫓고 있으니 말이다.

그렇기에 여기 있는 사람들 모두는 주진평을 찾는 것에 몰두 할 수 있었다.

잠시 사람들 사이에 정적이 흘렀다.

비록 주진평을 찾을 수 있다고, 돌아올 것이라고 말은 했지만 벌써 일 개월 째 찾지 못하고 있었다.

점점 걱정이 깊어질 수밖에 없었다.

문득 떠오른 불안한 생각에 모두가 얼굴이 굳어갈 때였다.

"찾았다! 찾았어!"

갑자기 들뜬 듯 외치는 풍소우의 목소리가 들려왔다.

"……!"

"뭐? 정말?"

그 소리를 들은 사람들은 너 나 할 것 없었다.

모두가 빠른 발걸음으로 풍소우가 서 있는 곳으로 정신없이 향했다.

"저, 정말이네!"

"지, 진평아!"

사람들은 구덩이 아래를 바라보며 미소를 지었다. 소화련과 청하, 백수연 등 몇몇 사람들은 눈물을 흘리기도 했다.

주진평을 발견한 것이 너무도 기뻤던 것이다.

그는 넓은 구덩이 안에서 가부좌를 튼 채 눈을 감고 있었다.

"지, 진평아! 어미다. 눈을 떠 보렴."

소화련은 눈물을 흘리며 어떻게든 주진평의 곁으로 가려 했다.

그녀로서는 일곱 해 만에 만나는 아들의 얼굴이 아니던가.

당장에라도 품에 안고 싶은 게 그녀의 마음이었다.

다른 사람들도 다소 안심한 표정으로 주진평의 얼굴을 뚫어져라 바라보고 있었다.

그러다 용악군이 무심코 한 마디를 던졌다.

"한데 저놈 얼굴이 왜 저렇게 반질거려? 입은 왜 웃고 있고?"

"진짜네?"

경황이 없어 다친 곳이 없나만 살폈었다.

하지만 조금 진정을 하고 살펴보니 온몸이 멀쩡했다. 먼지 하나 묻은 곳이 없었다.

사람들은 의아하다는 얼굴을 할 수밖에 없었다.

최후의 결전이었다. 그 전투에서 아무런 상처가 없다는 게 말이 되지 않는 것이다.

그 순간,

번쩍!

주진평의 눈에서 기광이 흘러나오더니 마침내 열렸다.

그가 눈을 뜬 것이다.

"크하하하하!"

주진평은 눈을 뜨자마자 웃음을 터뜨렸다. 무엇이 그리 즐거운지 한 동안 주변도 살피지 않고 웃기만 했다.

사람들은 혹시 미친 게 아닌지 의심을 하지 않을 수가 없었다.

한데 그가 뒤이어 외친 소리에 모두의 눈이 찢어질 듯 커졌다.

“내가 드디어 환골탈태를 했구나! 일부러 며칠 더 앉아서 수련을 한 것이 옳았어!”

“…….”

이게 무슨 소리란 말인가.

일부러 며칠 더 앉아 있었다니. 그 말은 일찍 나올 수 있음에도 불구하고 여기에 박혀 있었다는 말이 아닌가.

그러고 보니 마적태의 시신은 주변에 보이는데 종천리의 시체가 보이지 않았다.

대신 구덩이 옆으로 조그마한 동굴이 생겨져 있는 게 보였다.

자연적으로 생긴 것이 아니라면 누군가 저 길로 밖에 나갔다는 말일 것이다.

그리고 주진평이 앉아 있는 옆 땅바닥에는 조그마하게 적힌 글씨도 보였다.

용악군은 자신도 모르게 그것을 소리 내어 읽었다.

“갑자기 깨달음을 얻어 수련을 더 하겠다니. 하지만 이 늙은이는 밖으로 나가야겠다. 인연이 닿으면 또 보자꾸나.”

“……!”

“뭐? 일부러? 그럼 뭐야? 지금껏 우리만 괜히 미친 사람처럼 기다린 것 아냐?”

풍소우가 화가 난 듯 소리쳤다.

그것은 그 혼자만 그런 것이 아니었다.

갑자기 주진평을 걱정했다는 것이 억울해졌다. 화가 미친 듯 났다.

사람들은 일제히 돌을 들어 주진평에게 던지기 시작했다.

쿵! 쿵!

"응? 뭐야? 어? 여러분!"

주진평은 돌에 맞아도 아픈 줄 모르는지 천진난만한 얼굴로 고개를 들어 사람들에게 인사를 건넸다.

그것이 사람들의 화를 더욱 돋웠다.

"올라오지 마!"

"그냥 거기서 뒈져!"

돌 떨어지는 개수가 점점 늘어났다.

하지만 그만큼 사람들의 얼굴에는 더욱 환한 미소가 어리고 있었다.

"정말 살아 있어서 다행이구나."

소화련의 진심 어린 말이 모두의 심정을 대변하고 있었다.

『광풍석권』 완결

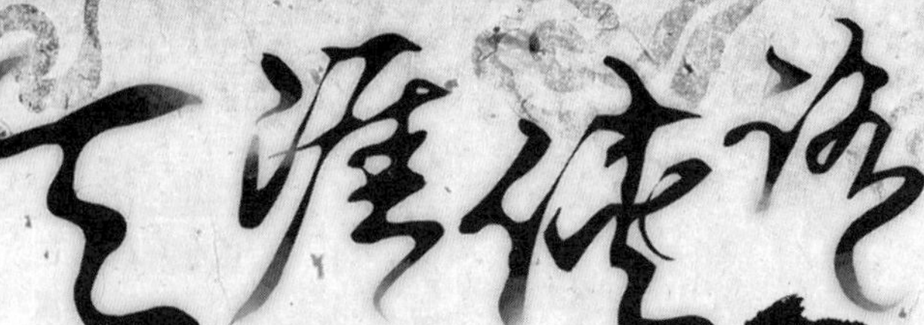

촌부 新무협 판타지 소설
FANTASTIC ORIENTAL HEROES
천애
협로

신풍기협 神氣風俠

FANTASTIC ORIENTAL HEROES

윤신현 新무협 판타지 소설

「수라검제」,「태양전기」의 작가 윤신현
우직한 남자의 향기와 함께 돌아오다!

사부와 함께 떠났던 고향.
기다리는 친구들 곁으로 돌아온 강진혁은
사부의 유언을 지키기 위해 강호로 나선다.
반드시 돌아오겠다는 약속을 남기고.

"믿어라. 난 결코 허언을 하지 않는다."

무인으로 살 것인가, 무림인으로 살 것인가.
고민을 안고 나아가는 강진혁의 강호행!

신의 바람이 불어와 무림에 닿을 때,
천하는 또 하나의 전설을 보게 되리라!

Book Publishing CHUNGEORAM

유행이 아닌 자유추구 -
WWW. chungeoram.com